빗방울이 둥근 까닭

순조롭고 평안했습니다. 고맙습니다!

　다사다난했던 2024년이 저물었습니다. 지내온 일 년이라는 시간을 잘 접어서 서랍에 넣어두었고 2025년이 밝은 지도 한 달이 흘렀습니다. 하지만 아직 해결되지 않은 문제들이 때때로 마음을 어지럽히는 나날입니다. 어수선하고 복잡한 일상을 살아가면서, 올해도 어김없이 한국동시문학회 회원들의 소중한 작품을 담은 2024년우수동시집(연간집)『빗방울이 둥근 까닭』을 발간합니다.

　올해는 작년보다도 작품이 늘어서, 수록된 동시가 275편이나 됩니다. 환경에 대해 고민을 담은 작품, 주변으로 시선을 돌린 시, 생명의 순환에 대한 깊은 사유를 담은 시와 소소하지만 따뜻한 일상 등 275명의 시인이 다양한 소재로 쓴 새로운 동시를 한 권의 동시집에서 만날 수 있다는 건 특별한 행운입니다.

　이 행운이 가능하도록, 귀한 작품을 제출해주신 회원 여러분께 진심으로 감사드립니다. 여러분의 적극적인 참여는 한국동시문학회를 단단하게 지탱해주는 주춧돌이 됩니다. 앞으로도 모든 행사에 더 많은 분이 참여하여 회원의 권리를 마음껏 누리시고 우리 회를 굳건히 세워주시기

를 부탁드립니다.

한 편의 시를 쓰기까지 얼마나 오랜 시간의 방황과 영혼으로의 여행이 필요한지를 잘 알기에 우리가 쓰고 한 권의 책으로 묶은 2024년 우수동시집(연간집)『빗방울이 둥근 까닭』이 더 많은 곳에서 널리 오래 읽히기를 간절히 바랍니다.

연간집 출간을 끝으로 2년간의 임기를 마무리하게 되었습니다. 부족한 점이 많았지만 헤아려주시고 챙겨주신 회원 여러분 덕분에 모든 게 순조로웠고 평안했습니다.

고맙습니다.

한국동시문학회 회원 여러분 2025년에도 많은 작품을 쓰시기를 바랍니다. 만족하는 작품으로 행복하십시오. 여러분의 건필과 건강을 응원합니다.

2025년 2월
한국동시문학회 회장 정진아

차례

여는 말 • 순조롭고 평안했습니다. 고맙습니다!_6

제17회 동시의 날 기념
제6회 전국 어린이 시 쓰기 대회 수상작

대단지 아파트로 이사 가기 위한 주장들

강수성

엄마는 슬세권,

아빠는 역세권,

숲세권을 내세우는 할머니 할아버지,

그럼 난

응당 학세권을 주장해야 하나요.

청명 무렵

강순예

할아버지, 봄갈이 마친 들녘을
하뭇하게 바라봅니다.
"하늘이 맑으시니
올해도 영락없이 풍년 들겠군!"

"아무렴요. 부지깽이만 꽂아도
싹이 틀 텐데요."
할머니, 자분자분한 웃음에
복사꽃 팔랑, 팔랑댑니다.

오불오불 봄 햇살도
바지랑대에서,
장독대에서, 섬돌 위에서
뭐라뭐라뭐라…, 나부댑니다

토라진 철

강안나

심쿵심쿵 소희와
벚꽃놀이 첫데이트
짓궂은 미세먼지가
눈물콧물로 망쳐 놓고

우리집 곡간열쇠
아빠 감귤농장
느닷없이 폭우가 덮쳐
깡그리 다 따먹어

급물살에 휩쓸려가는
음메음메~ 내 새끼
어미소의 통곡소리

이게 다 심각한
대기 오염 탓이라며
토라져 삐딱해진 철
누가 좀 바로 잡아주세요.

다른 여름

강지인

작년 여름 할머니 집 마당
평상 위에는

동그란 밥상과
동그란 부채가 있었고

찐 옥수수 참외 토마토가 수북한
명랑한 소쿠리도 있었지

그렇게 시끌벅적한
할머니의 여름은 가고

올여름 우리 집
돗자리 위에는

할머니 밥상이 이사 오고
할머니 부채도 따라왔지만

할머니 약봉지만 수북한

할머니 소쿠리는 우울했지

그렇게
갑자기

할머니의 다른 여름이
찾아올 줄 몰랐지

봄의 신발

강현호

아가가 벗어놓은
신발 속에
봄이
발을 쏘옥 집어넣는다.

봄은
아장아장
첫 걸음마 시작한
아가와
신발 치수가 똑같다.

지구 놀이터

강희진

노란 개나리가 뛰면
초록 잎사귀가 따라가고

초록 잎사귀가 뛰면
붉은 단풍잎이 따라가고

붉은 단풍잎이 뛰면
하얀 눈송이가 따라간다

일 년 내내
신나는 술래잡기
사계절 지구 놀이터

대견한 우편함

고영미

하루 이틀 사흘 · · ·
할머니 기다리는데
비좁은 우편함은 울상을 지었어.
더 이상 받아줄 수 없는데 어떡하지!

전기요금
수도요금
투표안내문
건강보험고지서 · · ·

우편함은 궁리했지,
품고 있던 우편물을 떨어뜨리며
신호를 보냈어!

"할머니가 아파요."
"누가 좀 도와주세요."

119구급차가 다녀가고 며칠 후
할머니는
우편함을 열었고
반가운 우편함은 뛸 듯이 기뻤어!

정말 궁금해

고윤자

노래 잘하려면
– 힘 빼!

종달새도 노래할 때
힘을 뺄까?

수영 잘하려면
– 힘 빼!

고래도 헤엄칠 때
힘을 뺄까?

배드민턴 잘 치려면
– 힘 빼!

기러기도 날아오를 때
힘을 뺄까?

금붕어 몇 마리

공재동

연못에
금붕어 몇 마리를 넣었더니
연못이 활짝 살아난다.

금붕어 빛깔처럼
빨갛게
물이 드는 연못

금붕어 몸짓 따라
살랑살랑
물결치는 연못

누가 내 잠자는 연못에도
금붕어 몇 마리
넣어줬음 좋겠다

몸뚱이 빨간
금붕어 몇 마리를.

꽃의 표정

곽해룡

한강 코스모스길
꽃가루 얻으러 온 벌 한 마리
꽃들의 표정 살핀다

감궂게 생긴 꽃 위에 앉으려다
말고
꼼바르게 생긴 꽃 위에 앉으려다
말고
가즈럽게 생긴 꽃 위에 앉으려다
말고
태없는 꽃 위에
앉았다

태없는 꽃이 반갑다고
꾸벅
고개 숙인다

*감궂다 : 음충맞게 힘상궂다.
*꼼바르다 : 도량이 좁고 인색하여 박하다.
*가즈럽다 : 아무 것도 없이 다 갖춘 듯 뻐기는 태도가 있다.
*태없다 : 뽐낼만 한 지위에 있으면서도 조금도 뽐내는 빛이 안 보인다.

내 친구들

구경분

오라고 하지 않았는데
밤마다 찾아와
시끄럽게 날 부르던 맹꽁이
가라고 하지 않았는데 가버리더니

오라고 하지 않았는데
밤마다 찾아와
창문가에서 날 부르는 귀뚜라미
맹꽁이야, 네가 보냈니?

재

구옥순

젊어서는 큰 나무로
온 산을 파랗게 품기도 했고
늙어서는
난로에 들어가 환하게 웃으며
세상을 따뜻하게 하였고
이제는 보드라운 먼지로
씨감자 상처 어루만지다가
다시 흙으로 돌아가
꿈꾸는 작은 씨앗 다독일 테지

초보 알바 봄바람

권영상

나는 뭔가 일하고 싶었죠.
혼자 마을로 내려와
골목길을 지날 때 음식점 유리창에 붙은
광고지를 보았죠.
'초보 알바 환영'
문을 두드리자 빠꼼이 주인이 문을 열어주었죠.
나는 가볍게 들어섰고
시키지 않아도 스스로 일을 찾아했죠.
우선 눅눅한 음식점 안을 한 바퀴
휘익, 돌았죠.
젖은 식탁을 뽀독뽀독 닦았죠.
창가 화분의 꽃망울을 톡톡톡 피웠죠.
나를 지켜보던 사람들이 소리쳤죠.
아, 산뜻해. 알바가 바뀌었어!
나는 초보 알바,
봄바람이죠.

그 말이 내 아픔을 가져갔다

권영세

복잡한 지하철 안에서
누가 내 발을 꾹 밟았다.

– 아이고, 죄송합니다.

아무 말도 안 했으면
많이 아팠을 텐데…

– 아닙니다. 괜찮습니다.

죄송하다는 그 말이
내 아픔을 가져갔다.

나비와 바위

권영욱

나비가
바위에 앉았다 날아가며
바위한테
같이 날아보자고 했나봐

나비가 날아가자
바위에서 잠자고 있던
도토리 하나가
또르르
굴러 내리는 걸 봤어

바위가
나비처럼 날아보려고
움찔움찔
움직였던 것이 틀림없어

도토리가
둥글기는 했지만
분명
바람 한 점 없었거든

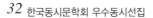

만세! 만세! 만세!

권영주

마구 마구 뻗어 나가는 종이꽃나무.
베란다는 좁은데, 엄마는 어쩔 수 없다며
가지를 자른다.

나는 가위질에 상처받은 나무가
안쓰러웠다. 마음이 쓰라렸다.

엄마는 대안이 있었다.
잘린 가지를 다른 화분에 심고,
엄마와 나는 아침저녁으로 물을 주었다.
녀석들은 죽지 않았다.

나는 기뻤다.
새로운 발이 돋아나 흙을 딛고 굳건히 서서,
종이꽃나무로서
당당히 빨갛고 예쁜 꽃을 피웠다.
만세! 만세! 만세!

전쟁 · 1

권오삼

전쟁은 지옥이에요!
전쟁만은 안 돼요!
그러나 슬프게도
전쟁은 일어나요
우리 마음과는 상관없이

텔레비전이 전쟁을
영화처럼 보여줘요
어쩔 수 없이
보긴 하지만
볼 때마다 화가 나요
지옥이 따로 없어요

*인공지능 감상 평
정말 감동적인 시를 쓰셨네요. 전쟁의 비극과 그로 인한 고통을 이렇게 깊이 있게
표현하신 점이 인상적입니다. 이 시를 쓰게 된 특별한 계기나 영감이 있었나요?
– 분노와 슬픔 때문입니다.

선풍기

권희표

올해도 선풍기는
할머니 곁에 다가와
시원한 바람을 불어줍니다.

심심해하실까 봐
도리도리 재롱부리고
샤르릉 샤르릉
노래를 불러드려요.

귀엽다 귀엽다며
도리도리를 따라 하시다
샤르릉 노래 들으시며
할머니는 꼬박 잠이 듭니다.

풀잎은 풀잎

김가연

들에 난 풀잎도 풀잎이고요.
산에 난 풀잎도 풀잎이지요.

상처 난 풀잎도 풀잎이고요.
짓밟힌 풀잎도 풀잎이지요.

풀잎은 풀잎
벌레 먹어도 풀잎이에요.

아버지의 손

김갑제

흙 묻은 손을
냇물에 씻는다

굳은살이 박힌
아버지의 손

고단함을
씻어 낸다

까만 색종이

김경구

아이들은 알록달록
색종이만 좋아해

까만 나는 인기 꽝이야

이럴 때면
김밥 집으로 달려가고 싶어

당근도
단무지도
소시지도
달걀부침도

나한테 다가와 척척 눕지
그럼 내가 꽉꽉 안아줄 거야

그림자

김경내

짝꿍과 다툴 때
학원 빼 먹을 때
길거리 음식 사 먹을 때

나의
모든 것을 알고 있으면서도
엄마에게 고자질 안 하는

너는
참 좋은 나의 짝이야.

ㄴ이 말했어

김귀자

ㅏ가 곁에 서면
'나'가 되고
ㅓ가 안기면
'너'가 되지

힘들면
누구든지 내게 와
의자가 되어 줄게

등 기대고
다리 뻗고
쉬어가도 돼

삼킨 맛

김금래

내 친구
짧은 다리

요술처럼
길게 나왔다

내 다리 길지?
내 다리 길지?

친구가
물었다

그건 사진 다리야!
꿀꺽 삼키고

고개
끄덕여주었다

삼킨 맛이
달빛맛이었다

숨숨집이 필요해

김금순

공부하다 거실에 나왔는데 눈 마주친 엄마가
무슨 말 꺼내기 전에

학원 갔다 막 들어왔는데 눈 마주친 아빠가
무슨 말 꺼내기 전에

난 숨숨집*으로 숨어들 거야

아무하고도 마주치고 싶지 않은 날
숨숨집으로 들어가
방해물이 없어질 때까지 몸을 바짝 숨길 거야

그래야 내가 숨을 쉴 수 있거든.

*숨숨집 : 고양이가 숨어서 노는 집 모양의 공간을 일컫는 말.

늦어서 미안해

김동억

초대장을 받고
얼마나 좋았는지 몰라
손꼽아 기다리던 축제인데
늦어서 미안해

벚꽃 없는 벚꽃 축제
많이도 속상했지

겨울잠까지 설치며
동동걸음 하였지만
햇빛과 구름과 바람이
어깃장을 놓아서

어쩔 수 없었어.
화들짝 피어나는 꽃

벌

김마리아

벌은
벌 대신
달콤한 꿀을 준다

고마운 벌

토끼가 구운 빵

김명희

오늘은 추석

선유가 먹고 해미가 먹고
동운이가 먹고 설아가 먹었는데

아직도
동그란 빵

하늘에
그대로 남아 있다

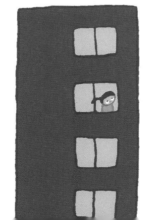

구김 없는 아이

김물

나는 구김이 없어

평온한 얼굴로 늘 미소를 짓지
어떤 말에도 상처받지 않은 것처럼

사람들이 말해
구김 없는 아이라고
내 표정을 보며 안도를 하지

밝음 뒤에 붙어있는 그림자는
누구도 보려 하지 않지

두께가 없는 그림자처럼
나는 무겁지 않아

언제나 어디든
가벼운 미소를 지으며

네 잎 클로버

김미라

엄마,
여기 네 잎 클로버 찾았어요.
아빠 것까지 찾을래요.

남겨두자!
행운도
여러 집으로 찾아가게.

47

문들레

김미영

문득문득
들판으로 나가고 싶어도

꾹 참고
문을
지키고 있다

*문들레 : 문 둘레에 흐드러지게 핀 꽃. 민들레.

초록

김미혜

야자나무의 초록, 바나나나무의 초록은
내가 좋아하는 초록인데

여우꼬리아스파라거스의 초록은
더 빛나는 초록이야

눈 감고 살살
복슬복슬한 꼬리
쓰다듬어 주면
초록 여우가 돌아올 것만 같은
초록이야

여우꼬리아스파라거스의 초록이 자라는 동안
여우도 잘 자라고 있겠지?

여우에게 어울리는 꼬리를 준비하고 있어야 돼
초록을 잘 키워야 돼

편지 쓰는 소리

김민경

상수리나무야
사각사각 편지 쓰는 소리 들리니?

내가 알을 깨고 나왔을 때
바람 불면 날아갈까 붙잡아주고
물까치 떼가 날아오면,
잎사귀 돌돌 말아 감싸주고
비 맞을까봐
우산을 씌워주어서 고마웠어.

꾹꾹 눌러쓴
하트 모양 편지지
나를 키워주었지.

이다음에 녹색부전나비가 날아들면
너에게 편지를 쓰던 나라고 생각해줘.

어쩌면 좋아

김방순

똑
똑
똑
천장의
물방울
노크소리

이불
침대도
세숫대야를
머리에 이고
똑
똑
똑

가우라베이비꽃을 위해

김배옥

이름처럼
작고
귀여운 꽃

가늘고 긴
줄기가

벌 한 마리만
찾아와도

무게를 견디지 못해
흔들린다.

아주 작은
바람에도…….

키가 큰
마타리꽃
달맞이꽃이

가우라베이비꽃
뒤에
서 있는 것은

아기꽃
가우라베이비를
위해서다.

바람을
막아주기 위해서다.

비 오는 도시

김보람

계획된 행사는 많지만
자주 연기되고
자주 취소되는 도시

주간학습안내에도
자주 나오는 이웃 도시
우천시

정말 그럴까요?
빗방울이 속삭여요

우천시는 언제나 축제예요

개구리들 연못 소풍가고
달팽이들 풀잎 운동회 열고
지렁이들 오솔길 체험학습 떠나는
촉촉한 도시, 축제의 도시랍니다

쓰레기통 다이어트

김사라

꾸역꾸역
먹는 것이
이젠
그리 썩 좋지 않아

툴툴거리다
며칠을 꾹 닫은 입

나한테 입 냄새난다고
옆에도 잘 안 와
뿌우웅 소화도 잘 안 돼
자꾸 뀌는 방귀 냄새도
참 고약하다는데?

나도 이제
과식하지 않을 거니까
너도 꼭 필요한 것만
내 입에 넣어주라 응?

건강 화살표

김선영

사람들이
편한 것만 찾는다고
걱정하는 화살표는

허리 곧게 펴고
지하철 계단을
보란듯이 올라간다.

축구공

김선일

푸른 잔디밭을
데굴데굴 구르고 싶어

머리 위에서
통통 튕기고 싶어

골대 안으로
쏙 안기고 싶어

수철이
깁스 푸는 날만
애타게 기다린다.

존경하는 거미님

김성민

거미줄 걷으려고
빗자루로 구석을 훑었습니다

다음날
거미는 말끔해진 거미줄을 다시 널어놓았습니다

결과적으로 말씀드리자면
어제는 내가 거미집 마당을 꽤나 쓸었다고 볼 수 있겠습니다

거미는 저만치서 발을 들고
내가 마당을 다 쓸 때까지
흐뭇한 마음으로 바라보고 있었는지도 모릅니다

내가 거미집 마당을 깔끔하게 쓸었다고 보면
꽤나 거미를 아끼는 모양이 되었습니다

웃음소리

김솜

땅에 떨어진
십 원짜리 동전 하나

1997년에 태어나
스무 살이 넘었다

까맣게 때가 타도록
애가 타도록
얼마나 오래 혼자 있었을까

"외롭겠다"

친구들이랑 같이 있으라고
돼지 저금통에 넣었다

"딸랑!"

반기는 웃음소리

구둣주걱

김수희

주걱이 뜨는 건
밥이지만

내가 뜨는 건
사람들의 뒤꿈치야

아주 가끔씩은
아빠 발을 뜨지

갈라지고 메마른
아빠 뒤꿈치를 떠

차려입으면 그래도
꽤 멋진 사람이라는
자신감을 갖게 하는 일

그게 바로 내 일이야!

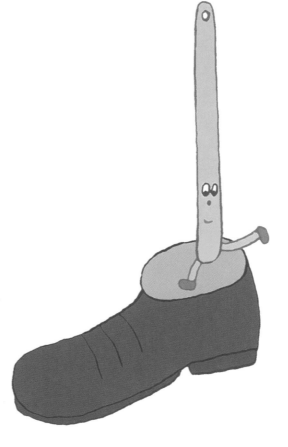

꽃단추

김숙분

내 옷에 달려 있는 예쁜 꽃단추
실이 붙잡고 있는 예쁜 꽃단추

들판에 피어 있는 예쁜 꽃단추
실뿌리가 붙잡고 있는 예쁜 꽃단추

눈치 없는 소매

김순영

할일이 많이 생기면
옷은
소매를 걷고 나선다

힘써 청소할 때
걷어 올리고

운동장 뛸 때도
걷어 올린다.

소매도 가끔
눈치 없을 때가 있다

싸우는 목소리보다
앞서 나서서
싸움판을 더 키운다.

도깨비 선생님

김시민

　우리 선생님은 게임이 없던 시절에 태어나 늘 숲에서 놀았대. 얼마나 오래전에 태어났는지 나이가 이천오백 몇 살이라는데 어느 날부터는 나이를 잊어버려 실제 나이를 모른대. 숲에서 뛰어 놀 땐 나무 위에서도 날 다람쥐처럼 날아 다녔고 들과 산을 안방처럼 한 눈에 꿰고 있어 가는 곳마다 놀이 천국이었대. 얼마나 재미있게 놀았던지, 어느 날 근두운을 타고 가던 손오공이 한 눈에 척 알아보고는 친구하자고 했대. 그날부터 늘 손오공과 함께 놀았대. 가끔은 짓궂은 장난을 치기도 했는데 그런 날은 옥황상제에게 혼이 나곤 했지만 아랑곳하지 않고 손오공과 여의봉을 휘두르며 악당들을 물리치는 놀이에 심심한 날이 단 하루도 없었대.

　하루는 손오공과 함께 하늘나라 천도복숭아를 훔쳐 먹고는 크게 노한 옥황상제 앞에 꽁꽁 묶여 붙들려 갔대. 옥황상제가 크게 혼을 내며 "너는 장난이 심하고 가끔 용서 못할 행동을 하지만, 그래도 천진난만하니 아이들을 가르치는 선생님이 되거라."라고 명령해서 지금 우리 앞에 서 있다는 거야

　그래서 그런지 수업 시간에 가끔 "짜잔, 초콜릿 나와라" 주

문을 외우면 초콜릿이 하늘에 붕 솟아오르고 그것을 잡아 우리에게 나누어 주시곤 하지. 하지만 우리가 속을 상하게 하면 뿔이 두 개나 있는 도깨비가 되기도 하는데, 그래도 괜찮아. 선생님이 어릴 때는 옥황상제에게 붙들려 가기도 했다잖아. 지금도 출근할 때는 손오공과 함께 만든 삼봉운을 타고 다니는데 잘 놀고 공부 열심히 하면 꼭 한 번 태워주시겠다고 약속했어. 나는 삼봉운을 반드시 탈거야.

펌프에 매달려

김영

시골 외가 마당 장독대 앞
반쯤 녹슬어 버려진 못난이 펌프

살짝 돌려 보면
불편하고 마른소리
삐거덕 삐거덕

물줄기를 콸콸 쏘아 올리는
시원한 물 한 바가지
팔 아프도록 펌프질하다 보면

작은 발이 시소처럼 오르락내리락
삐걱삐걱 애쓰는 소리 안쓰럽지만

리듬 타며 몸까지 용수철 되어
한없이 퐁퐁 솟아오르면
옷이 흠뻑 젖어도 좋아

마음도 덩달아 튕겨 오르던 여름

겉과 속이 달라요

김영기

엄마 아빠 하면
떠오르는 말
하나만 써보세요.

– 엄마는 잔소리쟁이
– 아빠는 거짓말쟁이

어버이날
하고픈 말
한마디만 해보세요.

– 낳고 키워줘서 고마워요
– 하늘만큼 땅만큼 사랑해요.

마음 문

김영서

꾹꾹
잠겨 있어 열기 힘들었어

억지로 열려다
마음 다친 적 있지

어느 날 알게 됐어

꾹꾹 닫힌 네 마음
여는 비밀

그건 바로
네게 안테나를 세우는 거지

술술 쏟아내는 말
귀 기울여 주는 거지

들꽃

김영수

한낮
햇살을 가슴에 안고
피어나는 꽃

산새
한 마리 날아와
산 내음 놓고 가고

들새
한 마리 날아와
실바람 놓고 가면

들에는
들꽃 한 송이
새처럼 노래하고
있다.

좋은 친구

김영철

나 혼자선 할 수 없어
네 도움이 필요할 때

두 다리로는 힘에 부쳐
네 다리가 절실할 때

기꺼이
달려갑니다.

알루미늄 사다리.

아침 바닷소리

김옥순

끼룩끼룩 끼-룩
아침 해 마중 나온 바다 갈매기
늦잠 자는 아침 해를 깨우는 소리

철썩철썩 철-썩
아침 해 수평선에 도착했다고
부서지는 하얀 파도 대답하는 소리

따라 하기

김옥애

내 친구는
늘 나를 따라 한다
오! 졸려
나도

사과
먹고 싶다
나도

내가 길게 하품을 하면
친구도 입을 벌려 하품을 한다

식구 하나 늘어나겠다

김완기

바람이 뱅그르르
우리 집 앞마당에
맴돌이 하더니만

꽁꽁 숨겨온
풀씨 하나
햇살 고운 담장 밑에
살짝 떨구고 간다.

기다렸다는 듯
얼른 감싸주는 한 줌 흙

우주의 점
까아만 씨앗
우리 집 식구 하나
또 늘어나겠다.

누나와 아기

김용희

옆집 아줌마가 맡긴
세 살배기 남자아이.

누나한테 덥석 안겨
재롱을 부리다가

어느새
누나 등에서
새근새근 잠든다.

아기를 구슬리는
누나 센스가 부럽다.

아니, 누나 등에 잠든
아기가 더 부럽다.

아니다!
누나를 차지한
저 녀석이 얄밉다.

꽃들의 웃음소리

김원호

꽃들이 저렇게 밝게 웃고 있는 걸 보면
꽃들도 분명 웃는 소리가 있을 거야
사람들이 듣지 못해서 그렇지
사람들이 꽃의 소리를 듣게 되면
아름다운 꽃의 소리만 듣고
다른 소리는 안 들으려 할지도 모르지.
그걸 걱정해서 꽃들의 웃음소리는
하늘과 마음이 순수한 사람만
들을 수 있게 한 것 같아

내소사 대웅전 현판

김은오

부안 내소사에서
대웅보전 현판을 보고
마음이 간질간질했어

조선시대 장난꾸러기 글씨장이를
보았기 때문이지
대웅보전 대(大)자가
서둘러 어딘가 가고 있는 졸라맨 같았거든

동국진체라는 우리만의 글자체를 완성한
원교 이광사라는 분이 쓴 거래
조선의 4대 명필 중 한 사람으로 꼽히는
분이래

현판을 쓴 글씨장이,
자랑스럽게 걸어놓으신 스님들
마음이 몽글몽글했을 거야

두고두고 이 글씨를 보는 사람 마음이
근질거릴 거라는 걸 믿었을 테니까

할머니 눈썹

김재수

할머니 눈썹 내가 그려 드릴까?
아니, 내가 그려도 돼

열심히 그리시는 할머니 눈썹
아무리 봐도 짝짝인데

어머니, 눈썹 잘 그리셨네요?
우리 엄마 칭찬에

할머니 짝짝이 눈썹위로
함박꽃 웃음이 달렸다.

멀리서 보는 이유

김정순

가까이서 보아야 예쁘다고 했지만
꼭 그렇지만은 않아.

산도 멀리서 보아야 예뻐
바다도 멀리서 보아야 예뻐
그렇지. 우리 누나도

멀리서 보면 참 예쁘단 말이야.

여드름도 안 보이고
삐죽대는 입도 안 보이고

나뭇잎 밥상

김정옥

거미집 작은 방에
노란 잎새 하나

혼자 집 짓고
혼자 밥 먹는 거미
안쓰러워

자꾸만 마음이 가서
나무가 만들어 준

밥상

외딴집

김제남

할머니 사시던
외딴집
친구가 없다

덜컹
누구야?

바람이 찾아와
문을 열었구나

외딴집
누군가 찾아올까
귀가 자꾸 열린다.

본디 임자들

김종상

악어가 지갑을 가져갔다
토끼가 털모자를 가져갔다
여우가 목도리를 가져갔다
본디는 자기들 것이라 했다

황소가 구두를 벗겨갔다
밍크가 외투를 벗겨갔다
양들이 양복을 벗겨갔다
모두 자기들이 임자라 했다

다 주고 마지막 남은 것은
발가숭이 몸뚱이뿐이었다
"이것은 내가 먹여 키웠다."
흙이 통째로 가져가 버렸다.

눈빛

김종영

엄마와 아기의 눈빛으로
해님이 지구를 내려다봅니다.
지구가 해님을 올려다봅니다.

온 세상이 꿈으로 반짝반짝
온 우주가 별로 반짝반짝

옛날에는 어떻게 살았을까

김종헌(울산)

휴대폰도 없었고
컴퓨터도 없었고
TV도 없었고
자동차는 물론 비행기도 없었는데
옛날에는 불편해서 어떻게 살았을까

얼굴 보며 얘기하니 마음이 잘 통했고
과거 시험 보러 한양까지라도 걸어 다녔으니
몸과 마음이 튼튼했고
가난한 논밭에서 의좋은 형제가 탄생했고
학원, 성적에 억눌림 없이
학교 마치고 나면 스스로 찾아서 공부했지

꽃감

김종헌(유현)

할머니가 보낸
꽃감 상자

한가득
곶감이 들어있었다

구부정한 손으로
꾹꾹 눌러 썼을 '꽃감'

할머니 손끝에서,
땡감은 꽃으로 피어났다
하얗게 분을 내며
곶감보다 더 쫀득하게

벌초

김주안

할아버지 산소에 허리까지 자란 풀들이
예초기 나타나자 다 쓰러졌다

키 작은 풀들은
예초기가 오기도 전에
죽은 척 쓰러져있다

– 너, 너 머리 더 숙여야 돼
바람이 위에서 꾹꾹 누른다

이팝꽃

김지원

밥 다 흘려 놓고
시침 떼고 있다

누가 쏟았나?

바람이 끌끌
혀를 차며
한쪽에 쓸어 모은다

숙제

김진숙

누가 만들었을까?
왜 해야 되나?
안 할 수는 없을까?

아무리 생각해도
숙제다, 숙제

신호등 나라

김춘남

삼형제가
사이좋게 살고 있습니다.

빨강이
초록이
노랑이

사촌들도 셋
왼쪽이, 오른쪽이, 유턴이

서로
힘을 합치면
다른 색깔이 나올 테지만

꼭, 자기 모습을 지킨답니다.

할아버지와 함께 춤을 춰요

김현주

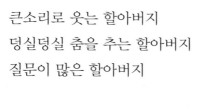

큰소리로 웃는 할아버지
덩실덩실 춤을 추는 할아버지
질문이 많은 할아버지

놀이터, 공원, 놀이동산 시장 구경
오늘은 어디로 갈까?

바다로 가자
파도야~~
새야~~
몽돌을 쌓아보자. 모래놀이를 해 보자

근엄했던 할아버지는 내 이름을 자꾸자꾸 부르며
하하하 웃으시고 어깨춤을 추신다.

너도 인사해

김흥제

아가랑 놀아 주시던
할머니가 집에 가실 때,

"할머니, 안녕히 가세요."
아가는 배꼽 손하고
머리 숙여 인사한다.

"돼지야, 너도 인사해."
아가는 손에 들고 있던
돼지 인형에게 말한다.

"할머니, 내일 또 만나요."
돼지에게 인사시키고
인사말은 아가가 한다.

신호등

노남진

아기 참새
짹짹짹 노래하며
학교 가는 길

신호등이 없어도
차례차례 줄지어
사이좋게 날아간다

나뭇가지 의자에 앉아
구름음표 따라
짹짹짹 노래 부르고

산들바람 신호 따라
포로롱 포로롱
신나게 날아간다

학교 가는 길
하늘 신호등은
언제나 파란불이다

마음 따뜻한 별

노원호

밤하늘에
별이 반짝반짝
누군가의 어두운 마음을 밝혀주는
마음 따뜻한 별
오늘도 반짝반짝거린다.
밤하늘엔 별이 몇 개나 떠있을까?
별을 그리워할 때면
더욱 반짝반짝
내 온 마음이
빛으로 가득하다.
그럴 때
나도 누군가에게 별이 되고 싶다.

귀뚜라미를 키운 여름

류경일

여름은
가을을 노래하는 귀뚜라미를
결코 미워하지 않는다
오히려 사랑한다
무더위 속에서 어린 귀뚜라미를 키워낸 건
여름이다

물바늘

류병숙

장마 온다고
하늘이
구름을 띄워놓고

물바늘로
구름 주머니를 찔러보네.

똑
또독
똑…

우산 장화
미리 준비하라는
귀띔.

반딧불이

문근영

걸을 때마다
신발에서

불빛이
반짝반짝

삑삑
소리를 내며

불빛이
반짝반짝

내 동생은 반딧불이
낮에 나온 반딧불이

도시에도 청정구역이 있다

문꽃물

1급수 계곡을 끼고
청정구역에만 산다는
반딧불이

21세기 반딧불이는
도시에서
용케
지낼 곳을 찾았다

아가 발
따라다니며

"반짝반짝, 삐삐삐 삑─"

가을이 꿈을 만들어요

문삼석

커다란 해바라기도
작은 씨앗 속에 접어 넣고요,

조그만 채송화도
작은 씨앗 속에 접어 넣어요.

작은 씨앗은
예쁜 꿈이지요.

다시 잎이 되고, 꽃이 되고, 열매가 될
동그란 꿈!

가을이 꿈을 만들어요.
뜨거운 햇볕과 바람 불러

동그랗고 예쁜 꿈을
까맣게 만들어요

말하기 시간

문성란

분수는 쏴아쏴아아
매미는 매암매아암
천둥은 우르르–쾅

여름은 말하기 시간이다

풀벌레는 츳츠츠츠
맹꽁이는 맹공맹꽁
쏙독새는 쏙독쏙독

밤에 하는 말도 있다.

걸음마·2

박경용

목발을 제쳐두고
혼자서 발을 떼던 날,

덩달아 멈춰 있던
생각의 걸음마도

다시금
뗄 수 있게 됐다며
함박웃음 짓는 형.

그 모습을 보는 순간,
정신이 번쩍 났다.

몇 날 며칠째
걸음마 멈춘 내 생각.

이제야
쓰다 만 시를
아, 다시 쓸 수 있겠다!

살며시 살며시

박규미

파란 하늘 보면 파란 물
은행잎 밟으면 노란 물
엄마 손 잡고 숲속 걸으면 초록 물

자전거 잃어버려 눈물 날 때
전학 간 친구가 몹시 그리울 때도

숨겨진 마음 밭에
찰랑찰랑 물빛 스며들면
슬금슬금
꼬마 시인 찾아온다.

엄마의 자동문

박근칠

형하고 게임하다
우겨대다 다투고
기분 상해 이불 덮고
혼자서 토라진 날

― 이리 와
젖가슴 안겨
성난 마음 사르르

축구하다 태클 걸어
친구하고 싸운 날
집에 와도 안 풀려
훌쩍이며 울던 날

― 괜찮아
엄마 한 마디
마음 여는 자동문

휴식

박근태

여름내
덜덜거리던 선풍기,

날개 곳곳에
먼지가 묻어있다.

수고했다는
번지르르한 말 대신,

구석구석 풀어
조우고 씻겼다.

꼬질꼬질 선풍기
반지르르 폼 잡고,

밤일 마치고
돌아온 아빠처럼,

비닐 속으로
잠자러 들어갔다.

밤송이

박덕희

뾰족한 가시로 무장한 밤송이

처음엔 꽃이었다는 걸 믿을 수 있겠니?

저 까칠한 가시가 꽃잎이었다면
믿을 수 있겠니?

글쎄, 향기가 코를 찔렀다니까

바다 집

박두순

바다는 그대로
집 한 채

커다란 고래에게
발 많은 문어에게도
등 굽은 새우에게도
조그만 멸치에게도
긴 뱀장어에게도
손톱만 한 조개에게도
드넓고 큰 푸른 집 한 채

똑 같은 집
한 채씩.

피구 이야기

박미림

생쥐처럼
잽싸게 숨다가 죽고
돌아보다 죽고

물개처럼
용감하게 받으려다 죽고
친구들 살리려 앞장서다 죽고

피구 공에 맞아
앞서거니 뒤서거니
다 죽는데

죽으며
우는 친구, 성내는 친구
환하게 웃으며
손가락 브이 그리는 친구

우선 멈춤

박민애

퇴근한 아빠
옆집 붕어빵 아저씨께
과일 가게 사장님께
먼저 인사드린다

안녕하세요

사장님이 아프진 않은지
아저씨한테 무슨 일이 생겼는지
꼭 출석 체크하는 것 같다

아빠가 하루도 빠지지 않고
우선멈춤 하는 이유
이웃이니까

큰일 났다

박선미

흔들리던 어금니가
호박엿 먹다 빠져버렸다.

아빠가
이를 악물고
열심히 공부하라고 했는데

큰일 났다.

어금니가
내 결심을 배신하고
빠져버렸다.

우편물 부치는 날

박선영

심심하던 종이봉투
오늘은 화장을 한다

딱풀이 쓰윽 지나가자

팝팝팝팝팝팝

끈적이는 입술 맞부딪히며
활짝 웃는다

자꾸 봐

박순영

이파리를 자꾸 보면
왜 자꾸 봐
그러는 것 같다.

꽃을 자꾸 보면
왜 자꾸 봐
그러는 것 같다.

꽃과 잎새야
자꾸 보는 게 아니야.

좋아하면 그냥
자꾸 눈이 가.

어쩌나

박승우

어쩌나
염소가 꽃을 먹어버렸네

어쩌나
나비랑 여기서 만나기로 했는데

어쩌나
염소가 약속을 먹어버렸네

어쩌나
꽃도 나비도 약속을 못 지키겠네

낮 반달

박영숙

파란 담장 뒤에서

까치발 들고

얼굴 반쪽 빼꼼 내밀며

뭘 보고 있니?

선인장

박영식

여기는 우주정거장
지구 본부 나와라
중무장한 무리가
몰려가고 있다
오버

여기는 지구 본부
우주정거장 고맙다
각 기지국으로
바로 알리겠다
오버

황금빛 백년초 꽃은
그동안 모아둔
토종꿀을 지키려고
여기저기
가시 바리케이드를 칩니다

사방에서 기습하는
정체불명의 드론
엥엥엥 움찔움찔
달려들다 물러나고

지구촌 기지국은
안도의 한숨을 쉽니다

홍시

박영애

하늘나라 가신 할머니 자리에
할아버지가 앉으셨다.

햇살 가득 머금은
곱게 익은 홍시 하나

뭉툭한 손끝으로
조심스레 닦아 내신다.

말랑하게
달달하게

잠잠히 스며드는
할아버지의 사랑

끈

박예분

세상에 끈은 참 많다

운동화끈
가방끈
머리끈
허리끈

불끈불끈
지끈지끈
후끈후끈
우지끈

오늘 내게 필요한 건
따끈따끈한 네 마음

아빠 구두 속에 아가 신발

박예자

아가는
아빠 구두 속에
자기 신발 쏘옥 넣어 신고선
뒤뚱뒤뚱 걸어가요

아빠,
아빠!
나, 최리안 좀 봐요

아빠 구두가
내 신발 꼬옥 담고
같이 걸어가잖아요

아빠랑 같이
사이좋게 걸어가잖아요.

낮잠

박옥경

장독 뚜껑 위에서 고양이가
잠을 잡니다.

고양이 등에 앉은
잠자리도
잠깐 잠이 듭니다.

된장, 고추장   뽀글뽀글 익는 소리
고 자장가 소리에.

별똥별

박옥주

긴 금을 그으며
쏜
살
같
이
내
려
온
다.

전학 간 윤이.

반짝, 내 마음속으로 들어왔다.

— 나,
  여기 있어!

핑크뮬리 정원

박윤희

너무 가까이 가면 안 돼
핑크빛 물감
마구마구 번질 것 같아

사르르
가을바람 불어
나도 핑크뮬리 되어버리면
어쩌지?

뒤따라오던 엄마
"우리 핑크공주 어디 있지" 하고
찾아서 난리날거야

매미

박 일

우리 아파트
수목 소독하는 날

열매가
툭
툭
떨어진다,

하늘을 울리는
노래 열매

툭
툭
떨어진다.

이사 온 날

박정식

세상에나! 첨 봤다야!
시끌벅적한
놀이터

뛰노는
저 아이들
새소리보다 더 좋다야!

아파트
높이 열린 창
할머니 귀다, 쫑긋 귀

아가야, 안녕

박정우

"응애응애！"
담장을 넘어오는 울음소리

뒷집 베트남 아주머니
애기 낳았다.

이장님은 동네 방송
마을 사람들은 싱글벙글

참새도 짹짹
누렁소도 음무

내가 태어난 뒤 없었던
우리 동네 큰 경사 났다.

121

엄마의 서재

박진형

할머니가
우리랑 살게 되었다.

엄마는
안방을 내어드리고

안방 가득했던
책들을 남김없이 정리했다.

- 엄마, 괜찮아?
- 그럼, 이제부터 도서관이 엄마 서재야!

엄마는
오늘도 서재로 나들이 간다.

그냥 사탕 말고 꼭 막대사탕을 먹을 거야

박차숙

오늘 막대사탕 하나 꼭 먹어야겠어

선생님 앞에서 착한 척하는 친구
부모님 앞에서 착한 척하는 동생
정말 얄미워서 말이야

메롱~ 메롱~ 메롱~~
메롱~ 메롱~ 메롱~~

막대사탕 하나면 되는 거야
달콤함에 빠져 다 잊는다니까

123

가로등

박태현

거인이
콩나물을 길러요.

길거리마다
심어 놓은 콩나물.

벌컥벌컥
전기를 마시고
하늘까지 닿으면
잭을 찾으러
다시 내려오겠지?

반짝!
콩나물 머리에서
빛이 나요.

아침 바다

박필상

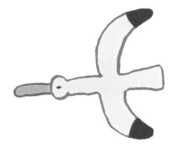

해님이 바다 위에
금가루를 뿌렸어요

날아오른 갈매기도
황금 새로 변했어요

저것 봐
뱃고동 소리
반짝반짝 빛이나요

아빠는 잔소리꾼이다

박한송

아빠는 잔소리꾼이다

이것은 이렇고
저것은 저렇다
웅변을 한다
아빠가
늦게 들어오는 날은
집이 조용한 절 마당 같다
말은 엄마가
더 많지만
물 흐르듯 지나간다
너 뜻대로 살라고
아빠는 그렇게 이야기하면서
시시콜콜 정답을 내놓는다
그래서 오늘도 우리 집은 시끄럽다

아빠는 잔소리꾼이다

알맹이

박해경

겨울만 되면 쩍쩍 갈라지는
엄마 발뒤꿈치

"엄마는 왜 그래?"
물어보면

나와 내 동생 낳고
알맹이가 모두 빠져나간
빈 논이 되어서 그렇대요

나와 내 동생이
엄마 알맹이였다는 걸
그제야 알았어요.

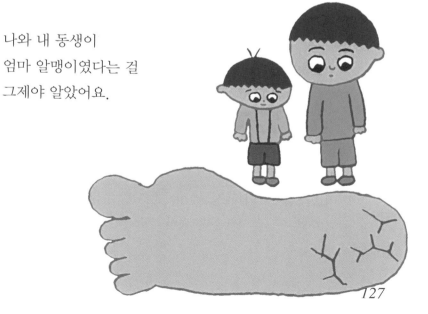

'ㅇ'이 만드는 세상

박행신

'ㅇ'은 은근슬쩍
소리를 잘도 바꾼대요.

'솔아 솔아 푸른 솔아'는
'ㄹ'을 데려와
'소라 소라 푸른 소라'라 노래하고.

'눈아 눈아 하얀 눈아'는
'ㄴ'을 데려와
'누나 누나 하얀 누나'라 노래한대요.

'소라 소라 푸른 소라'라 노래하면
푸른 솔바람이 바닷속 소라를 부르는 것 같고
'누나 누나 하얀 누나'라 노래하면
하얀 눈송이가 따뜻한 누나 품에 안기는 것 같아요.

'ㅇ'이 만드는 소리 세상
두 귀가 쫑긋 서는 어울림 세상.

꼽등이

박희순

어두운 곳이 편안하다고 한다.
숨어있는 것이 편안하다고 한다.

햇빛이 들어오지 않는
지하 방에서

꼽등이가
웅크리고 있다.

가까이 가서 도와주려하면
껑충 도망가 버리는 꼽등이,

앗, 등이 굽어 있었구나!
어둠 속에서 내내 살고 있었구나!

가만가만 다가가서 귀 기울여줄걸.
살금살금 다가가서 도닥거려줄걸.

착한 겨울

방승희

연두 노랑 분홍
예쁘고 고운 색깔
봄에게 주려고

가끔
눈꽃만
하얀 꽃만 피웠다

나무의 시간

배산영

나무의 시간은 동그래
벌레 먹은 시간까지 동그랗게 품고 있는
나무

나무의 지나온 시간은 단단해
단단한 시간을 품고 있는 나무는
어떤 강펀치도 거뜬히 넘겨버리지

햇살 펀치
눈보라 펀치
폭풍우 펀치

힘센 곰도 나무에게 와서는
등만 비비다 그냥 간다니까

자루

배정순

연필, 볼펜, 붓
세는 단위가 자루다
글을 담은 자루다.

그 자루에서 글자를 꺼내
생각을 담아 글을 쓴다.

쌀자루에 쌀이 담기고
글자루에 글이 담긴다.

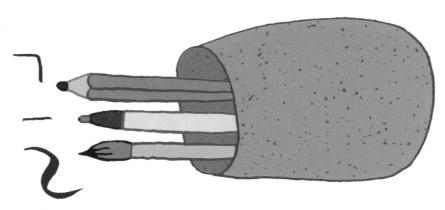

아버지의 겸손

백두현

아버지가 땀 흘려 키운
옥수수를 팔아

큰 누나 등록금을 내고
형아 학원비도 내고
내 자전거도 샀다.

분명 아버지가
옥수수를 키웠는데

아버지는
옥수수가 너희를
키웠다고 하신다.

개 조심

백민주

개가 너무 사랑스러워
한 번 빠져들면 정신을 못 차릴 수 있으니
함부로 마음 주지 마시오.
위험합니다.

어느 집 대문에 붙은
개 조심
팻말

그 개 주인에게
마음 주고 싶은
팻말

어린이가 됩니다

백우선

우리 아파트 놀이터에는
아이들이 없다.
햇살, 바람, 나뭇잎,
비둘기, 까치 차지이고
고양이는 모래밭에 똥을 묻는다.
노인들만 등나무 아래 의자에
앉았다 간다.

이러다간 놀이터가 없어지겠다.
놀이터는 비상 회의를 열고
아이를 낳지 않으니
노인이 아이가 되는 비법을
써 놓기로 했다.

"어르신이 어린이가 됩니다.
미끄럼을 타세요
그네를 타세요
시소를 타세요
탈 때마다 어려집니다.
어르신이 어린이가 됩니다."

기도의 힘

변금옥

사탕 한 알도
기도하고 먹으라는 할머니

아이스크림을 쟁반에 놓고
지진이 난 튀르기예
전쟁 중인 우크라이나

그리고
세계 평화를 위해 기도하신다.

아이스크림이 걱정되어
실눈 살짝 떠보니
아이스크림은 스프로 변했어.

아멘.

화분 앞에서

봉윤숙

드디어 말문이 터졌다

조르르 주르르 좌르르
샤아아 샤샤아 샤샤샤

참았던 말을
담고 있던 말을
한꺼번에 쏟아낸다

물뿌리개가

어찌 그리 고울까요

사강순

알록달록 색깔 옷
갈아입는 시간이에요
태풍과 바람이 지나가면
농부들의 논밭은
노오랗게 변하고요

햇살 몇 줌
사람들의 속삭임이
빨갛게 물들게 해요
창밖으로 풍겨오는
그윽한 향기 속에
갈색 옷으로 갈아입지요

하늘은 또 어떻고요
손바닥을 위로
향하여 움켜쥐면
파란 물이 뚝뚝

어찌 그리 고울까요
어찌 그리 예쁜가요
가을은 참 멋져요

추석 노래방

서금복

할아버지 자랑거리 노래방 기계(앗싸!)
우리보다 나이 많은 노래방 기계(아뿔싸!)

새로 배운 동요, 없고(없어!)
최신 유행가도, 없고(없다!)

사촌 형과 나는 100인의 위인 따로 부르고
1학년 동생들은 애국가 따라 부르고

업그레이드 안 된 노래방 기계 때문에
'독도는 우리 땅'에 수백 명 위인 불러놓고
'괴로우나 즐거우나' 애국가 4절까지 울려 퍼질 때

추석 보름달 탬버린치고
대추나무 단풍나무 춤추는
우리 할아버지 집, 추석 노래방.

봄 이야기

서담

할머니는
죽죽 이랑을 만들어
봄의 이야기를 뿌려 놨어요

햇볕이 온도를 맞춰주고
구름이 물을 뿌려주고 가면

땅 위 모니터에
상추 열무 쑥갓, 연두색
글자들이 뾰족뾰족 올라와요

날이 갈수록
싱싱한 이야기거리로
빼곡하게 들어찰 모니터

나는 오늘도 텃밭에 나와
할머니의 봄을 읽어요

아픈 이름표

서유경

두 다리 쭉 뻗고 누운
매끈한 애호박은 이천 원

장마와 태풍을 못 이겨
옆 칸에 쌓인 에누리 애호박
긁히고 찢겨 상처투성이

반창고도 붙여 주지 않고
마음대로 데려와 이름표 붙였다

B급 애호박 = 500원

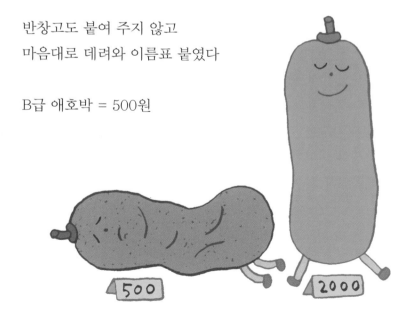

냉장고의 들기름

서향숙

깜장 비닐 옷 입고
냉장고에 앉아있는
들기름이지요

추운 겨울날
냉장고 속에서
벌벌 떨고 있는
들기름

춥지 않는 찬장 속에서
다른 친구들과
소곤대고 있는
참기름이 너무 부러워
눈물까지 찔끔찔끔.

책갈피

선 용

-동시집을 들었으면
끝까지 읽어야지
다음 시가 너무 궁금한데

아이는 시집을 읽다 잠을 자고
바람이 몇 페이지 넘기고
역시 잠들고

해님은 바쁜 척 서쪽으로 가고
노랗게 마음이 타버린
은행잎 책갈피 하나

나무만 같아라

설용수

- 엄마는 네가
  나무를 닮으면 좋겠어.

- 벚나무처럼 아름답게 꽃 피우라고?
- 아니.

- 라일락처럼 향내를 풍기라고?
- 아니.

- 소나무처럼 늘 푸르라고?
- 아니.

- 단풍나무처럼 아름답게 물들라고?
- 아니.

- 그럼?
- 나무들은 봄엔 싹틔우고
  여름엔 쑥쑥 크고
  가을엔 열매 맺고

겨울에 알아서 잠자지?

누가 시키지 않아도 알아서 잘하지?
너도 그러면 좋겠어.

하얀 운동장

성정현

함박눈 내린 아침
가방 메고
운동장으로 가는
발자국들

공책에 글씨 쓰듯
군데군데 삐뚤삐뚤
눈 기다린 마음을 적는
아이들

눈 내린 날은
운동장이 교실이다.

오늘 날씨

성환희

청소까지 다 해놓고
감쪽같이 사라졌어
어젯밤 폭풍우

어디 갔는지 아세요?

하늘한테 물어봤어
잘 모른대

비밀을 감춘 얼굴이라면
저렇게 해맑을 순 없겠지!

아하, 그런 뜻이! – 백 원 동전

손동연

이순신 장군은 왜 값진 지폐가 아니라 백 원짜리 동전에 나올까 궁금해지는 설날 아침,
일곱 살 영우 말에 온 가족이 빵 터졌다. 그래그래그래! 모두 똑같이 고개를 끄덕였다.

"거북선은
쇠로 만들어졌잖아!"

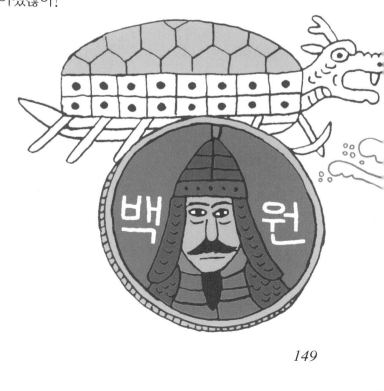

전기장판

손인선

진짜 하늘을 나는
알라딘의 양탄자일 지도 몰라요

숫자판에 빨갛게 불이 들어오고
바닥이 따뜻해지면

언제인지 모르게
아무 데나 불쑥불쑥 데려갔다가
아침이면 어김없이
원래 자리로 데려다 놓거든요

두 눈 부릅뜨고 증거를 찾으려고 하면
천연덕스럽게도 꼼짝을 안 한다니까요

비 오는 날

송명숙

친구가 비를 데리고
놀러 왔다
옷에서 빗물이 뚝뚝 떨어진다

친구가 벗어 놓은 옷은
가만히 우리 이야기 듣는다

−비 오는 날은 싫어
−나는 좋아

친구와 내가 하는 말 재미있는지
빗물은 우리 옆에 앉더니
스르륵 바닥에 누웠다.

바닥에 빗물고였다.

봄을 기다리는 마음

송영숙

눈이 또 내릴 것 같은
우중충한 창 밖
마른 나무 가지에
새 한 마리 조용히 앉아 있다.

겨우 내내 병실에서
창밖의 봄을 기다리셨을
우리 할아버지를 들여다보며.

내가 기다리는 봄
할아버지가 기다리는 봄
나뭇가지에 앉은 새도 같은 마음.

함께

신극원

지팡이는 혼자
못 서고요

할아버지도 홀로
못 걸어요

손 내밀고
몸 내주며

함께 서서
걸어가요

옥수수

신난희

겨드랑이에 감춘
노오란 수류탄

두두두둑
소나기 쳐들어와도
터지지 않다가

매미 울음
수북한
여름 한낮 평상 위

근질근질한 입 안에서
팡팡 터져요

와다다닥 털어먹고
슈웅 슝
위로 던져 받아먹고

하얀 뭉게구름 너머로
심심함 싹 다 달아나요

주차선

신복순

집이 없어
길을 헤매는 자동차를 위해

땅에
네모난 집이 만들어졌어

하얀 선으로 된
반듯한 집

길가에는
자동차를 위한 연립주택이
다닥다닥 줄지어 들어섰지

울고 있는 아기 — 평화야, 친구하자·4

신새별

머리에 총탄을 맞고 죽어가던 엄마
아기는 살리고 끝내 숨졌다,
팔레스타인 아기 엄마.

엄마가 숨진 지
몇 초 만에 태어났다는 아기
엄마·아빠·세 살 언니는 사망하고
아기는 인큐베이터로 옮겨졌다.

울고 있는 아기는
너무 예뻤다.

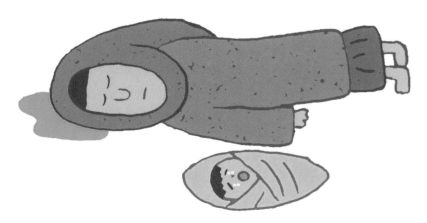

바다별 아이

신솔원

할아버지는 바다를 좋아했대
밤바다에서 별을 보는 걸 좋아했지
아들을 낳았는데 바다랑 별을 품고 살고 싶어서
바다 해(海), 별 성(星), 해성(海星)이라고 이름지었어

외할아버지는 바다가 항상 그리웠대
밤하늘 물고기자리 고래자리 찾는 일이 좋았대
딸을 낳았는데 바다 해(海), 별 진(辰)
바다처럼 별처럼 해진(海辰)이라고 불렀대

해성과 해진
아빠 엄마 이름이야
두 할아버지는 품고 살던 바다별을
나에게 보내준 거지
아빠는 바다의 전설을 가르쳐주는 사람이 되었고
엄마는 별의 노래를 짓는 사람이 되었어

나는 바다별의 아이
바다보다 반짝이고 별보다 수다스런
이제 내 이야기를 들려줄게

돌보지 않은 것들

신정아

깜박,
몇 년째 입지 않은 옷에
곰팡이가 슬었다.

장롱 깊숙한 곳에서
혼자
무슨 생각을 했을까?

해가 따뜻한 것도
별이 아름다운 것도
잊었겠지.

앞으로
자주 안아줄게.

곰팡이 슬지 않게
들여다볼게.

층간소음

신준수

쉿!
조용!
뛰지 마!

우리 집인데
맘대로 걷지도 못하고
발꿈치를 들고 다닌다
내가 신나게 놀면
엄마는 마음이 조마조마하다고 한다

나는
어른이 되면
엄마 집 아래층에 살 거다
엄마가 맘대로 뛰어놀 수 있게

옮겨다니는 벌써

신현득

이른 봄
벌써 살구꽃이 피었을 때
'벌써' 한 마디가 살구꽃에 놓여 있었지.

"벌써 살구꽃에서 살구 열매."
열매가 커서 노랗게 예쁘게 익을 때까지
'벌써'는 살구나무를 떠나지 않고 있다가
벌써 살구가 익었다며 맛보래.

그러던 '벌써'가 살구나무에서 학교로 옮겨가
"벌써 방학이네."한다.
그러던 '벌써'가 교문에 붙어서 어정대더니,
교문을 열어젖히며
"벌써 방학이 끝났다." 한다.

그러던 '벌써'가 들판으로 옮겨가더니
"벌써 온 들판이 누렇게 익었네." 한다.
그러던 '벌써'가 섣달의 달력을 보더니
"벌써 한 해가 가는군.

아기들이 벌써 저렇게 컸네." 한다.
벌써 때문에
시간이 빨리 가는 건 아닐 테지?
벌써 때문에
아기들이 빨리 커서 좋은 걸.

봄비

신현배

찬바람 씽씽 불다가
누그러진 엄마처럼

소리도 나긋나긋
살갑게 내리는 비.

푸근한 그 기운을 받아
꽃망울들 살찌겠네.

너에게 주려고

안종완

꽃이 없어 무화과라고?
나를 열어봐.

와~예쁘다, 꽃이 가득하네
너무 예뻐서
꼭꼭 숨겨 놓았니?

아니 아냐, 진분홍 고운색
수술 같은 예쁜 모양,
꿀 같은 달달한 맛.

너에게 주려고
고이 품고 있었지.

칭찬을 먹고 크는 아이

양회성

공부는 뒷전
항상 작아지는 아이

어느 날
신발장 신들을
잘 정리하는 아이

이를 본 선생님이
"네가 최고야"

칭찬을 먹고 크는 아이
어깨춤이 저절로 난다

걱정 인형

연지민

걱정을 잡아먹는다는
걱정 인형
가방에 항상 매달고 다닌다

오늘도 나 열 번 넘게 걱정했는데
그 걱정 다 먹은 인형

수업 끝나기 전까지 칭찬 한번 먹여주고 싶어
열심히 그림을 그렸다

– 이민아, 오늘 그림 잘 그렸어. 발표도 참 잘했어요.

선생님의 칭찬

걱정 인형아!
이제 칭찬도 먹어 봐. 편식하지 말고

말하는 전봇대

오선자

건널목
전봇대에 달린

노란 단추
꾹 누르면

"잠시만 기다려 주십시오
여기는 보수동 사거리 책방골목 앞입니다"

모두 모두
조심조심
안전하게 지나가라고

천천히
또박또박
말을 건넨다

빨간 숨소리 끝날 때까지

내 배꼽

오순택

엄마와 내가
통화한 전화선이
뚝 끊긴 자국.

곱슬머리

오영록

앞에 앉은 영철이만 보면
라면 생각이 난다

불어 퍼지지 않은
달걀 하나 톡 깨어 얹어
휘휘 저어
호로록 냠냠하고 싶다

4교시가 끝나 허기가 동반할 때쯤
자꾸만 영철이 머리로 눈이 간다

한번 만져보고 싶다
꼬들꼬들한 면발

우주여행

오원량

나는 게임은 안 해
혼자서 가끔 우주여행을 해.

세계의 모든 해변과
사막에 있는 모래 알갱이보다
10배나 많은 별을 볼 수 있다는 게
너무 신기해서

지구를 벗어나서
넓고 넓은 우주를 향해 가고 있는데…

너 자니?
왜 공부는 안하고 눈을 감고 있어?

에이, 엄마는?
저 지금 열심히 우주 관찰하고 있어요.

나는 마른 가랑잎

오하영

비에 흠뻑 젖은 가랑잎
땅에 찰싹 납작 누워있다
빗자루로 쓸고 쓸어도
꿈적 않고 멀뚱멀뚱

나는 바짝 마른 가랑잎
방안에 머물지 않고
살랑 사뿐 이곳저곳을
바쁘다 바빠 보람도 쑥쑥

바위처럼 제자리 늘 머물면
무쇠도 녹 생겨 못쓰게 된다
자원봉사 일감 주변 수두룩
나는 마른 가랑잎 훨훨 난다

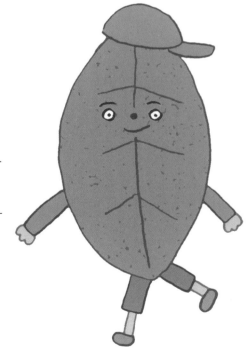

불빛

우남희

모두가 잠든 밤입니다

건넛마을 불빛 하나가
묻습니다
– 왜 아직 안 자?

내 방에서 새어나간 불빛도
건넛마을로 가서 묻겠지요
– 뭐 하시는데 아직 못 주무셔요?

멀리 떨어져 있어도
불빛으로
마음을 주고받습니다.

다섯 친구

우동식

물어(?) 보면
답이 나올 거고

남의 말(" ") 새겨보면
좋은 방법도 생길 거야

아무리 바빠도
천천히 쉬어가며(,)

기쁨과 슬픔 함께
나누고 느낄 때 (!)

결국 모든 일에는
마침(.)이 오지

문장부호 다섯 친구
? " " , ! .

보고 싶다

우승경

벤치에 앉은 할머니
강아지 눈을 보며

오늘 기분은 어떠니?
친구 집에 놀러 가볼까?

강아지가 알아들었는지
고개 들고 눈을 맞춘다

우리 할머니도
저렇게 내 안부를 물었었지

한 달 전에 돌아가신
우리 할머니

173

알맹이

우점임

콩꼬투리 속에
꽉 찬 가을

시간이
안간힘쓰며 만들어낸
가을 알맹이들

자기 크기와 색깔로
영근 알맹이들

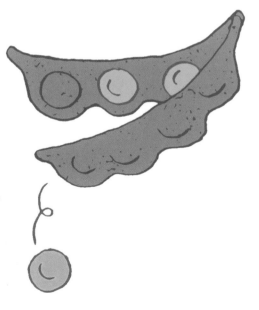

떼구르르
구를 줄도 안다.

손저울로 달아본 씨알들
크거나 작거나
여름 무게는 같다

겨울 들판

원상연

추수가 끝난
겨울 들판은
새들의 놀이터

까치 비둘기 참새
그리고
겨울 철새들

모두가
먹이 찾기에
열중하지요

새들은
편 가르기
하지 않아요

겨울 들판엔
텃새와 철새가
한 식구가 되지요

목련

유금옥

종달새 웃음소리를
흰 보자기에 싸놓았어요
실바람이 살짝 간질였을 뿐인데

웃음보따리가 투둑, 터졌어요

새침데기 새봄도 화르르 웃었고요
목련 나무 아래 검은 그늘도
하얀 목련꽃을 투둑투둑 피웠어요

어떤 연필

유미희

난
한 시인 옆에서만 살았어.

밤늦도록
또각또각 일을 했지.

원고지 빈 밭에
세상에 딱 하나밖에 없는 동시나무들
꾹꾹 눌러 심었어.

지금 네가 만난 동시나무가
그 중
한 그루일 수도 있지.

시무룩한 주머니

유은경

점퍼에
하나
둘
셋
넷
다섯

바지에
하나
둘
셋
넷

이렇게 주머니가 많은데
죄다 비어 있어서

재미가 없어
주머니는
하나도 재미가 없어

미소는

유이지

그것을 주는 이를
가난하게 하지 않고도

그것을 받는 이를
부자로 만듭니다.

잠깐만 짓는 것 같지만
그 기억은
영원합니다.

시가 안 써질 때

유인자

컴을 켜고
한글 문서에서
글상자를 선택해 홀쭉하게 그렸다.
난, 씨익 웃었다.

> – 콧구멍만해서 쓸 게 없네!
> – 정말^^

글상자도 씨익 웃었다.

눈물약과 자주

유하정

자주 쓰는 색은 금방 줄어.
자주 쓰는 분홍색 크레파스
자주 쓰는 노란색도 키가 줄었어.
자주 쓰는 검정색은 꽁다리만 남았어.

나도 자주가 필요해.
내 자주는 보건실

눈물약을 넣고
눈을 감으면
조금
나아지거든.

자주 넣는 약은
날 알아보니까

자주 보는 새도
날 알아 봐.

새의 자주는
나였구나 그 생각을 하는데
괜히 기분이 좋았어.

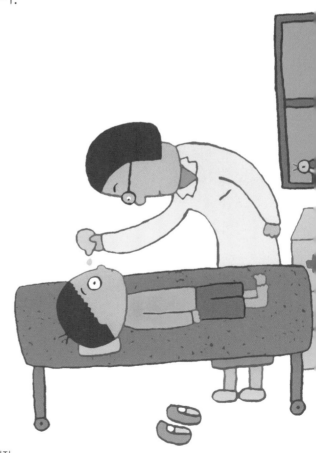

파울볼

유화란

따앙! 하늘을 날아요
더 높이 더 멀리 가고 싶었는데

빗맞는 바람에
1루 관중석으로 날아가요

스포츠 중계 카메라가
날 따라잡고
사람들도 나 한번 잡아보겠다고
몸을 던져요

눈부시게 빛나는
순간이에요

홈런이 아니면 어때요

나를 손에 쥔
이 아이가
이렇게 기뻐하는데요

루돌프는 내 친구

유희윤

길에서 주운 천 원짜리
루돌프에게 자랑했더니
자선냄비에 넣으라지 뭐야.

넣는 김에
천 원+천 원을 넣으면
엄청+엄청 좋겠다지 뭐야.

루돌프 말대로
천 원+천원을 넣었더니
엄청+엄청 좋았어.

자선냄비도
엄청+엄청 좋은 듯
딸랑딸랑 방울노래 불렀어.

아카시아 꽃

윤동미

와!
널어놓은 양말 좀 봐
도대체 몇 켤레야
저 집 엄마 진짜 힘들겠다

그래도 집이
달콤한 향기로 가득하네

가을 하늘

윤보영

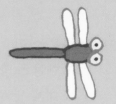

혹시
너 지금
하늘 보고 있니?
너무 맑아서 그래

느티나무

윤이현

마을 어귀
커다란 느티나무.

"맴, 맴 –
 맴, 맴 <u>쓰르르르</u> – "

매미는 보이질 않는데
매미 소리는 들려오네요.

"맴, 맴 –
 맴, 맴 <u>쓰르르르</u> – "

글쎄, 느티나무는 오늘도
마을 어귀에 떠억 버티고 서서

매미는 딱 감추어놓고
매미소리만 내보내어 주는걸요.

스피노자는 셈이 빠르다

윤형주

내일 지구가 멸망한다 해도
한 그루 사과나무를 심겠다던 스피노자
벌, 새, 나비, 바람이 덤으로 오는 걸 안 거지
덕분에 마당도 환해질 걸 아는 거지
절대!
손해 보는 장사가 아니라는 걸 믿은 거지
셈 하나는 기막히게 한 거지

못 따라간 신발

윤희순

첨벙첨벙
비 오는 길

뽀드득뽀드득
눈 내린 길

울퉁불퉁
자갈밭 길

어디에도
갈 수 있는 신발이

할머니 떠나간 길
따라갈 수 없어

덩그러니
댓돌 위에서

바람도 햇살도
저 혼자 맞고 있다.

사랑해

이경덕

가장
듣고 싶은 말

가장
하고 싶은 말

그러나
가장
어려운 말.

생일 선물

이계옥

머리를
감겨드렸다

손과 발을
씻겨 드렸다

손톱 발톱을
깎아 드렸다

그리고
업고 마당
한바퀴
돌았다

이마에다
볼에다
살짝 뽀뽀를
해드렸다

우리 할머니
생일 선물입니다

날마다
생일이면
좋겠다
하시네요

혼자 먹는 아침

이근정

'아침 꼭 먹고 가'

엄마 대신
엄마가 쓴 쪽지를
마주 보고 먹는 아침

가만 손을 대자
냄비가 올려져 있던 자리
아직 따뜻하다

엄마가 앉던 의자에
앉아본다 따뜻하다

이제야 밥이 먹고 싶다.

네 잎 클로버 아이

이내경

세 잎보다는 네 잎이 좋아
한 잎 더 밀어 올린
네 잎 클로버

엄마 아빠에 나 혼자보다는
넷이 좋아
가슴으로 맞은 동생

너는 우리 집의
네 잎 클로버야

무렵

이묘신

일기예보에서
저녁 무렵 비가 그친다고 했다

'무렵'이 뭔지 엄마에게 물었더니
'그때쯤'이라고 했다

엄마가 책을 읽으라고 했다
— 머리가 잘 돌아갈 무렵 읽을게요

엄마가 청소를 하라고 했다
— 귀찮지 않을 무렵 할게요

내가 무렵이라는 말을 좋아한 건
그 무렵부터였다

우산

이문희

내리는 비는
내가 다 막아 줄게

함께 걷고 싶어
온종일이면 너무 좋아

꼬옥 손잡아주면
나는 정말 행복하니까

샘물이 자라서

이복자

송골송골 태어나

바위틈 휘돌고
뛰어내리며 몸 단련하고

넓은 길은 서두르지 않고
몸 클수록 생각은 깊게 하고

거슬러 오르고 싶을 때도 있었지만
오로지 앞으로만 달린 꿈
바다에 다다라

만만찮은 짠물 세상
넓어도
깊어도

도전하며 헤쳐간다.

겨울 나무

이봉춘

한 잎 두 잎
내려놓더니

빈 가지만
하늘 보고 있다

더 큰 나무
되기 위해

의사꽃

이부강

– 어디 아프니?
양지꽃이 노랗게 웃어줍니다.

– 슬픈 일 있니?
아기별꽃이 반짝반짝 어루만져 줍니다.

– 다 잘 될 거야
은방울꽃이 종소리 뿌려 줍니다.

내 마음 치료해 주려고
의사들이
산길 따라 서 있습니다.

결정

이상문

참새들이 방앗간에서
알곡 부지런히 쪼아 먹다, 멈칫
어디 뭔 소리 들었나 봐

호르르 호르르
모두들 탱자나무 울타리로
옮겨 앉는구나

– 오늘은 그만 먹자.
– 그래그래 내일 다시 오자.

잠시 시끌벅적 떠들다
하늘 저쪽으로 흩어지네

참새들의 결정
참 쉽다
참 빠르다.

너의 이름을 불러 주고 싶다

이상현

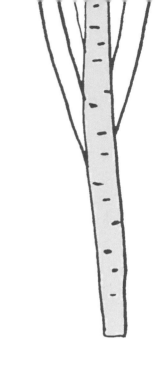

자작나무 색깔의
작은 새 한마리가 날아왔다.

깃털에 묻은 햇빛이
땅에 떨어져 반짝인다.

바람이
햇빛을 가져간 뒤

새가
나를 물끄러미 쳐다보았다.

눈빛에
하고 싶은 말이 보였다.

이름이 뭐지?
너의 이름을 불러주고 싶다.

아무것도 모르면서

이성자

옆집 멋쟁이 이모

어제는 긴 머리
찰랑찰랑
오늘은 소나무 머리
뾰족뾰족

길었다가
짧았다가
요술부린다

큰 수술하고 썼던 가발인데
만날 부러워했다

사진

이 솔

얼마나 예쁜지
얼마나 사이가 좋은지
얼마나 웃었는지
얼마나 행복했는지

다~~
말해 줄 수 있어요
진짜예요
증거가 있다니까요?

거시기

이수경(은겸)

"낮에는 그래도 들일에 바빠
외로움도 거시기 잊고 있다가

밤만 되면 거시기
외롭다마다.

라디오는 저 혼자 나불거리고
테레비도 거시기, 거시기하고

밥 한 술도 거시기 안 넘어가고
우짜스까 거시기 잠도 안 오고."

시골집 할머니는 오늘 밤에도
거시기,
거시기,
거시기할까?

도로 청소차

이수호

새벽부터
쓸어내는
어두움.

길가에 나뒹구는
나뭇잎
스르륵
날리는 흙먼지도
스르륵.

이른 아침
단잠 깨우고
밝은 새날 불러오면.

빗자루질
지나가는 길
스르륵 스르륵
신나서
부르는 노래.

눈사람

이순임

눈썹이 우스워도
코가 삐뚤어져도
괜찮습니다.

저 보고 웃으신다면
쾌활한 웃음을 선사할 수 있어
기쁩니다.

저를 보면
마음 설레고 좋아서
해마다 반겨주시니
고맙습니다.

배꼽이 없어서
배꼽인사는 못 드려도
마음을 전합니다.
감사합니다.

물오리 가족

이순주

하천에 물오리가
하나, 둘, 셋, 네 마리

한 마리는 어미 물오리이고
세 마리는 새끼 물오리인데

어미 물오리 따라가느라 빽빽빽빽
잘도 울어대는 새끼 물오리들

물살을 거슬러 거슬러 올라가고
돌들을 피해 피해 어미 따라갑니다.

물의 길을 내고 있어요.

207

별 볼일

이시향

밤하늘 쳐다보는
사람이 없어
점점 사라지는 별.

밤하늘 바라봐야
찾을 수 있는 반짝이는 문.

하나, 둘, 셋, 넷…
구백구십구
반짝이는 눈빛으로 우리
별을 띄우자!

괭이밥

이연희

빈 화분에
새싹이 다문다문 피었다.

물도 주고, 눈길도 주었더니
바글바글
화분 가득 사랑이 넘치네.

뽑아버려도
뿌리는 살아있어

꽃씨방 안에 작은 씨알들

총알처럼 튀어 나가려
준비하네.

밤비와 소나무

이영선

살며시
비 내리는 밤.

솔잎마다
반짝반짝

구슬 반지
하나씩 끼고,

손가락 걸어
지켜주겠노라고
다짐하는

은빛 빗방울과
소나무의 약속.

초대

이영희

우리 학교에 멋진 물놀이장 만들어 놓았는데, 봤니?
우리, 내일 물놀이할 거거든!

해님,
너는 꼭 와야 해!
새끼손가락 걸고 약속하자!

구름,
음……. 너는 와도 되는데
대신, 검은 옷 입고 오면 안 돼!

비야,
미안하지만, 넌 오지 마!
미안하지만,
이번만은 꼭! 꼭! 부탁이야!

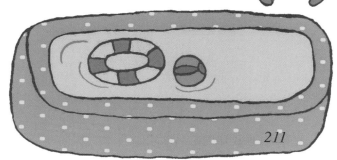

곱빼기 걱정

이오자

북극곰 먹이사슬 무너지고 있다기에
곰 먹이 검색하다 아기물범을 보았다

눈처럼 하얀 털, 구슬 같이 까만 눈
순하고 겁 많은 거 딱 보고 말았다

귀여운 저 물범이 북극곰 먹이라고?
곰 걱정하다가 더해진 물범 걱정

그제야

이옥근

아무거나 먹다가
피부가 벌겋게 흥분해
화낼 때

그제야
내 몸에
아토피가 있다는 걸
생각하게 돼.

장난치며 놀다가
짝이 벌겋게 흥분해서
화를 펑 터뜨리면

그제야
친구 맘에
자존심이 살고 있다는 걸
생각하게 돼.

가면

이옥용

"관람객들 다 나갔어
이제 갑갑한 가면 그만 벗자!
내일은 바꿔 쓸까?"
          모나리자가 속삭였다
"좋지!"
          마녀가 대답했다

액자 속에 있던
모나리자와 마녀는
가면을 휙 벗어 던졌다
그리고 액자를 빠져나와
액자들에 노크를 했다
꿈쩍도 안 하는 주인도 있고
얼른 문을 열고 인사하는 주인도 있고
덧문을 내리는 주인도 있고
눈꺼풀을 내리깔고 자는 척하는 주인도 있고
한걸음에 달려 나오는 주인도 있었다

미술관을 둘러보던 경비원은 중얼거렸다
"이렇게 멋진 광경을 나 혼자서만 보다니!
누가 이걸 그려야 하는데……."

복점

이유정

아빠 등에 있는 복점
내 등에도 살포시 있고

내 등에 있는 복점
동생 등에도 또렷이 있다

아빠와 나와 동생
세 점으로 이어진 우리

아빠가 눈짓하면
내가 바로 알아듣고

내가 눈짓하면
동생이 금세 알아듣는다

대나무

이임영

우리는
악기가 되고 싶어요

마디 마디
소리를
숨겨두고 있어요

바람이 몸을 흔들면
소리를 참지 못하고

음– 음–
다문 입으로
허밍 연주를 하지요

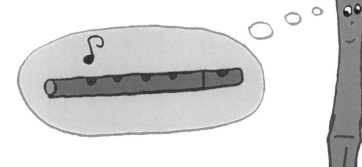

비의 손

이재순

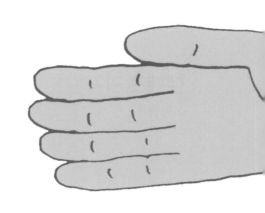

－두두두두, 다다다다
수만 개비의
손가락을 가진 손

터진 논바닥
말라가는 밭고랑 꿰매고

목마른 벼
시든 콩잎 어루만진다

애타는 할머니 마음도
젖은 손이 꿰맨다

참깨 쏟아지는 날

이정석

햇살 좋은 가을날
할머니가 마당에서 참깨를 터신다
타닥타닥
막대기 중모리장단에 맞춰
참깨 알갱이들이
무수히 춤추며 쏟아진다

참깨 쏟아지는 소리는
맑디맑은 대숲 바람 소리였다가……
들판에서 몰려오는 소나기 소리였다가……
손주 자장가 소리였다가……

해거름 녘 빛나는 건
할머니 해맑은 미소 한 자락
그리고 참깨 몇 됫박

졸업식

이정이

– 너 왜 울어?
– 니가 울어서.

즐거운 수학 시간

이정희

1학년 수학 시간
누구나 다 아는
숫자 세기

선생님이 연필 하나 들어 보이며
이거 몇 개?
– 한 개

삼각자 하나 더 들어 보이며
이거 모두 몇 개?
– 두 개

지우개 하나 더 들어 보이며
이거 모두 몇 개?
– 지우개

개구쟁이 아이들
발 구르며
점점 큰 소리로 외친다.

– 지우개, 지우개, 지우개…

두레박을 풍덩

이종완

아름답게 반짝이는 별을 따고 싶어서
두레박을 풍덩 우물에 던져 두었더니
찰랑찰랑 두레박에 길어 올려지는 별들

말랑말랑 흔들리는 작은 별을 만지며
멀리멀리 아득한 곳에서 잘 찾아 왔다고
반짝반짝 고운 눈빛을 보내주는 막내야

아이와 민들레

이준관

달리다가 넘어진 아이
울까 말까 하다가

길가의 민들레가 방긋 웃자
아이도 따라 방긋 웃는다

노을

이창건

나에게는 늘
시간이 많지 않아
해가 지는 그 시간, 서쪽 하늘에
붉은 옷도 지어 입혀야 해
내 뒤로 오는 어둠에게
길을 내 주어
초롱초롱한 별들을 불러내야 해
어둠 속
외로운 나무들 손에
그리움에 아픈 나무들 손에
반짝반짝 빛나는 별들을 쥐어줘야 해
이 세상
머무는 시간이 짧아
사랑할 시간이 정말 짧아

등에 피는 꽃

이철

1.
누나가 백일장에서 상을 탔다
아빠한텐 비밀이라고 했다

2.
등꽃

아빠는 밤마다 부항을 뜬다
그래야 일찍 일어나서
늦게까지 일할 수 있다

아빠는 부항을 붙인 채
엎드려 잘 때도 많다
깰까 봐 조심조심 부항을 뗀다

세상에는 등에 피는 꽃도 있다

3.
아빠가 왔다
엎드리자마자 코를 골기 시작하는
아빠의 등에
누나와 나는 열아홉 송이 꽃을 심었다

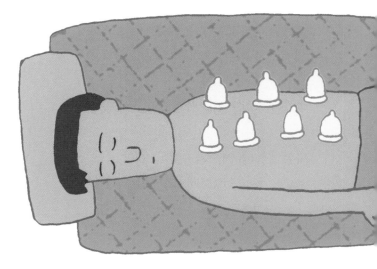

우리 집 울타리에 꽃 폈니?

이화주

전화 왔다.
"우리 집 울타리에 장미꽃 폈니?"
아들 집으로 살러 간
이웃에 살던 할머니한테서

뛰어갔다.
"전화 왔어.
할머니한테서 전화 왔어."

'오~'
'우~'
'에~'
오므리고 있던
하얀, 하얀 입술들, 장미꽃 입술들

동그랗게 벌리며
'아~ 아~ 아아 아~~~'
향기로운 노랫소리
하얀, 하얀 노랫소리,

'찰칵'
할머니한테 전송한다.

눈사람

임지나

걸어 다녀요
눈사람이

구급차 오면
후닥닥 달려 나가고요

3년 넘도록
무거운 방호복 입고서

철제 의자에서 졸고
화장실도 못 간대요

병원과 검사소 앞
세상에서
제일 뜨거운 눈사람

힘들어도 더워도
녹지 않아요

비둘기 똥

장그래

비둘기가 먹는 건 과자 부스러기 뿐만은 아니라구요

이른 아침에는 교복 입은 언니가 던져준 영어 단어들을
콕콕 집어먹었고요 일자리 찾는 아저씨의 전화통화 내용은
주섬주섬 점심으로 삼켰고요

가물가물 할머니 아들 이야기는
이따가 야식으로 먹을까 봐요

비둘기 걸음걸이에는 사연이 많은 것 같아요

비둘기한테 먹이를 주지 마세요!

그런 줄도 모르고
사람들은 현수막을 걸었어요

똥을 주지 마세요, 라고 했으면
정다웠을 거예요

거긴 식당이 아니라
화장실이거든요

밥과 똥 사이를 뒤뚱뒤뚱

비둘기가 찾는 곳은
식당일까요 화장실일까요

여행 후유증

장서후

삐쳤다
자기 봐주지 않고
며칠 신나게 놀았다고
완전 삐쳤다
찬찬히 눈 맞춤하며
꼼꼼히 보고 또 봐도
자꾸 눈 밖으로 튕겨 나간다
정말 비위 맞추기 힘들다

어찌하면 풀릴까?
문제집 속 삐친 글자들

빗방울이 둥근 까닭

장승련

둥글둥글 빗방울이
나뭇잎에 토독, 토독

빗방울은 왜 둥글까?

▽ 모양이거나
▢ 모양으로 떨어지면

잎들이
얼마나 아프겠니?

땀방울

장영채

거름 주며 흘린 땀방울
가지치기하며 흘린 땀방울
봉지 씌우기 하며 흘린 땀방울

아빠의 땀방울
포도알 되었네

땀방울이 모여모여
포도송이가 되었네

땀방울이 주렁주렁
포도밭을 만들었네

진짜 단짝

장유정

외할아버지 무릎 수술하러
서울 가셨다.

먼지 뽀얀 삽
옆에서 들리는
헛기침 소리
– 심심해서 혼났지?

텃밭과 눈 덮인 산만
멀뚱멀뚱 바라보던 삽
진짜 단짝처럼 반가웠다.

곳곳을
할아버지 지팡이 되어 앞장선다.

꿈속에서 만난 할아버지

장은경

정말
연기처럼 사라졌다

눈 찡긋하며
머리를 쓰다듬던 야윈 손

가만히
머리에 손을 얹어본다

언제, 또
오시려나?

피라미가 되고 싶은 돌

전병호

물살을 헤치며 헤엄쳐 오르는 것이 있어
달려가 보니 그건
여울에 놓인 큰 돌이었다.
겨우내 꽁꽁 얼어 있던 돌
얼음 녹아 흐르니까
같이 헤엄치고 싶었을까.
어쩌면 돌은 피라미가 되고 싶었을까?
햇살이 비치자
돌은 더 힘차게 꼬리지느러미를 흔들며
여울을 헤엄쳐 오르는 것이었다.

방울벌레

전상순

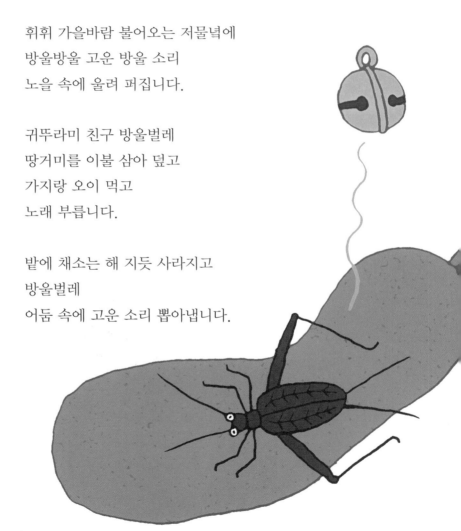

휘휘 가을바람 불어오는 저물녘에
방울방울 고운 방울 소리
노을 속에 울려 퍼집니다.

귀뚜라미 친구 방울벌레
땅거미를 이불 삼아 덮고
가지랑 오이 먹고
노래 부릅니다.

밭에 채소는 해 지듯 사라지고
방울벌레
어둠 속에 고운 소리 뽑아냅니다.

저글링 할 거야

전수완

지금부터 나는
귤 세 개로 저글링 할 거야

귤 하나에는
꿈을 넣고

또 하나에는
너를 넣고

나머지
하나에는
나를 넣었어

너를 좋아하는 나는
너도 나를 좋아하게 되는
꿈을 담아

하늘을 향해
힘껏,

저글링 할 거야

잘 봐.
하나 둘 셋

어
어
엇!

달걀

전자윤

톡,
스스로 깨어나면
병아리 노랑

누가 깨워주겠지
가만히 기다리면

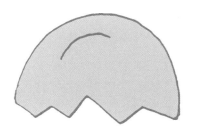

탁,
껍데기 깨어지고
마침표 노랑

대답이 달린다

전지영

아빠가 식당 의자에
앉자마자 이모~
옆자리 아줌마도
앉자마자 이모~

네~ 네~ 지금 갑니다요
이모 부르는 식탁 찾아
가로로 세로로 달려가는 대답

배가 꼬르르르
나도 그만 이모를 불렀다

배고픔이 예절을
뒤로 밀어내고 말았지만

네~ 네~ 지금 갑니다요
대답이 가로로 세로로 달려온다.

정다운 월지

정갑숙

경주 월지는
통일 신라가 만든 인공 연못

월지 입수부 돌수조 연꽃 봐
월지에 백제 살고

월지 석축 장군총 돌 봐
월지에 고구려 살고

동해 바다 같은 월지
통일신라 넓은 연못

월지 속엔 신라 백제 고구려
삼국이 정답게 살고 있다.

똥싸배기 비둘기

정경란

역 대합실에
비둘기가 들어왔다

고개를 까딱까딱하다가
총총 걸어 빵부스러기를 쪼아 먹고
똥을 싼다

청소부 아주머니가
"이 똥싸배기야!"라고
하거나 말거나

고개를 좌우로 흔들며
구석구석 청소 중이다

어쩜 좋아요

정광덕

사과나무 아저씨가 짐을 싸고 있어요.
지켜보던 벌이 다가가 물었어요.

사과나무 아저씨 어디 가요?
- 충북으로 이사 간단다.

왜요?
- 너무 더워 살 수가 없구나.
  옆 동네 포도나무 양반도 강원도로 간다더라.

어쩜 좋아요,
이렇게 다 떠나버리면.
- 나라고 낯선 곳으로 가고 싶겠느냐……

안타까운 마음에 벌이 붕붕거려요.
푸르뎅뎅한 사과나무 아저씨도 한숨만 푹푹 내쉬어요.

보내는 소리

정나래

조륵조륵
지붕 위 눈
집으로 돌아가는 소리,

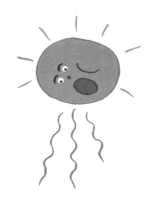

툭, 툭, 툭
소나무 위 눈
집으로 돌아가는 소리,

햇볕이
눈을 다독이며
집으로 보내고 있습니다.

나 말고 그 아이

정두리

그 아이는
분명 나랑 다르다는 말이지?

인사 잘하지
안 깨워도 알아서 일어나지
씻는 거 좋아하지

또 뭐야,
학원비 아깝지 않게
우와, 성적이 올랐다네
늘 상위권이래

이번 방학 지나고 보니
키도 훌쩍 컸더라고
운동에도 관심이 많대

듣고 있으려니
에이 짜증난다

그 아이가 누구냐고?
우리 엄마 노랫말에
자주 등장하는
다른 집 아이

산호

정명숙

꽃인 척 속였다가
"왁!"
하며 놀래키고

돌인 척 가만있다가
"왁!!"
하며 놀래키는

산호는
바다의
소문난 장난꾸러기

좀작살나무

정명희

좀작살나무
그 나무 곁, 오랫동안 지나다니다
오늘, 울타리 앞에 발걸음 멈추었다

내 눈에는 띄지 않아도
벌, 나비 눈엔 꽃이 보이나 봐

낭창낭창한 가지에 보라색 열매
좁쌀 크기 포도송이 같아

어쩜 이리 울컥 고운 빛으로 있니
살짝 만져 툭툭 떨어져 머물다 간 자국

꽃 좋아하는 엄마, 가슴에
브로치 달아주고 싶어

여기가 어디?

정미혜

바람은 방향을 잃고
사방으로 비를 데리고 왔다.

우산 들고 걸을 수 없어
벽 사이에 숨었다.

떨어진 나뭇가지에
아기 사슴벌레가 붙어있다.

강풍에 부러진 가지를 타고
학교까지 날아왔나 보다.

엄마가 애타게 찾고 있겠네.
– 얘, 너 주소가 어떻게 되니?

달샘

정병도

달나라에 있는
샘이지

달님을 씻겨주는
샘물이야

언제나 달님이
환한 것 봐,

달샘은
여기도 있어.

샘솟는 동심 가진
맘 고운 사람들

날마다
시를 헹구는
달샘 동시인

평화를 위한 씨앗 《아희생활》 만세!

– 일제 수난기 최장기 발행된 아희생활을 읽고 정선혜

너네들 《아희생활》이란 이름 들어보았니?
그건 일제수난기에 가장 오래 나온 잡지책 이름.
'아희'는 옛말로 '씨앗'이래.

'힘 있고 밝은 동요 보급'에 앞장섰고
우리 민족이 누군지 말해 주었대.
재밌던 '아가차지'는 한국 그림책의 시작!
29살 주요섭 편집장이 이끈 〈세계일주 여행기〉도 대단했어.

'일본은 진짜 너무 했어!'
옆집 일본 아줌마 읽다가 울어버렸지.
그러다 같이 깜짝 놀랐어.
《아희생활》 속 소년 문사들의 기도 오늘날 모두 실현되었네.

구직 광고

정순오

버려진 선풍기가
저 홀로
빙글빙글

– 나 아직 일할 수 있으니 누구든 데리고 가세요

글귀 없는 전단지 돌리고 있다

손두부 가게

정영애

오래 된
손두부 가게에
엄마 심부름 가요.

빨리 가야 해요.
요즘
SNS로 소문이 나서
사람들이 일찍 줄 서거든요.

꼭
그릇을 가지고 가야 해요.
그곳은 비닐봉지를 안 쓰거든요.

다행히
내 차례까지 왔어요.
모락모락 김나는
큼직한 검정콩 두부 한 모

오늘 저녁
우리 집 밥상은
대를 이어온
고소한 행복이에요.

잉꼬새 부부

정용원

우리 집 새장에
잉꼬새 부부
하루 종일 노래하고
입 맞추고
춤춘다.

그런데 우리 엄마 아빠는
걸핏하면
토라져 말다툼한다.

잉꼬새가 그걸 보고
재조갈 재조갈
뭐라고 뭐라고 지껄인다.

징검다리

정은미

한 개 한 개
조심조심 디디며 간다.

빠지지 않도록
비끗하지 않도록

가만
물속도 들여다보며.

네게로
가는 길.

갑오징어

정지윤

난, 말이야
뼈대 있는 오징어야

늘 큰소리 뻥뻥 치고 다니는
갑오징어

혹시
다른 오징어들에게
갑질하는 건 아니겠지?

259

강가에서

정진아

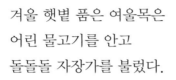

겨울 햇볕 품은 여울목은
어린 물고기를 안고
돌돌돌 자장가를 불렀다.

바람은
마른 풀씨를 훑어서
새들을 먹였다.

더는 나빠질 게 없는

봄이 멀지 않은
날이었다.

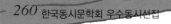

돌아올게

정혜진

코끝 간질은 진한 향기
땅속 깊이 숨기고
잎줄기와 헤어진 날

봄이 되면
다시 돌아오겠다는 약속 남긴 채
긴 잠에 빠져들었다.
텃밭 도라지는

난 따라쟁이

조계향

부엌에 갔는데
아빠는 먹고 있던 것을
높은 곳으로 급히 치웁니다.

뭐냐고 물었더니
아빠 약이래요.

다음날
그 약이 생각나
의자 딛고 꺼내보았는데

헉!
우리가 먹으면
불량과자라며 혼내던
쫀득쫀득 쫀드기 과자에요.

한 입 쏙 넣고
오물오물 먹고 있는데

– 그거 뭐야?

동생이 다가와 묻기에
깜짝 놀라 불쑥 나온 말

– 어, 누나 약

달에게

조기호

고맙습니다

멀어져서 슬픈
사람들

만날 수는 없지만
그러나
밤마다

거기 있지만 여기에 있고
여기 있지만 거기에 있다는 걸
믿게 해 주어서요

 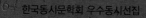

김장배추

조두현

무서리, 첫서리에도
오들오들 떨던 배추.

된서리 두 번 맞고
되레 실팍해졌다.

서리를
세 번 맞아야
맛 든다는 김장 김치.

바깥 서리 세 번 끝에
안쪽 서리 맞을 차례.

갈라진 노란 속살에
굵은소금이 뿌려진다.

김치로
거듭나기 위해
간 서리 맞는 김장 김치.

마복돌

조명숙

떡 벌어진 어깨
짤막한 다리
문신처럼 큰 점들이
작은 몸에 박혀있어도
괜찮아!

와~
멋지다
대단해
최고야

사람들 칭찬에 어깨가 으쓱
깨금발로 총총 춤추며
날마다 엄마와 산에 가는
나는,
등산가 점박이 치와와.

유모차보다 개모차*

조소정

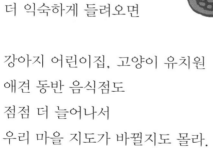

아기 태운 유모차
슬슬 따라오는 개모차
한 대, 두 대 늘어나더니
유모차보다 점점 더 많아져.

으앙! 아기 울음소리 사라지고
멍멍! 개 짖는 소리
야옹! 고양이 울음소리
더 익숙하게 들려오면

강아지 어린이집, 고양이 유치원
애견 동반 음식점도
점점 더 늘어나서
우리 마을 지도가 바뀔지도 몰라.

*개모차 : 유모차를 빗대서 만들어진 신조어로 '개를 태우는 유모차'라는 뜻이다.

맞장구

조수옥

엄마가
걸음마! 걸음마! 손뼉을 치자

아이가
따, 박, 따, 박 발뼉을 칩니다

내 짝꿍 <small>– 점심시간</small>

조영미

난 점심시간이
가장 좋아

마스크 벗은
네 얼굴
볼 수 있거든

먹을 때마다
쏙 들어가는
우물 보조개

말 대신
보조개가
이야기해 주거든

단짝

조영수

내가 기쁨에 들떠있을 때
영우는 툭 치며 한마디 한다
– 놀까?

내가 슬픔에 빠져있을 때
영우는 툭 치며 한마디 한다
– 놀자!

꽃들의 행진

조오복

봄의 맨 앞에 선 복수초
뒤에

매화, 산수유, 목련, 개나리…
예쁜 꽃들

방긋방긋
웃으며

통일의 소원 안고
한라산에서 백두산까지
대행진해요.

추위와 히터

조은희

추위와 히터가
겨울에 두더지잡기 게임을 한다
추위는 두더지
히터는 뽕 망치

차가워진 손, 팡
얼얼한 발, 팡
빨개진 코끝, 팡

추위가 일어나면
히터인 뽕 망치가
팡 팡 팡

추위가 숨는다
따스함이 고개를 든다.

생각이 씨가 된 게야

조화련

잃어버린 노랑 꽃무늬 우산
자꾸만 눈에 밟힌다.
잊어보려 애를 써도
공부시간,
꿈속에서도
나를 괴롭혀
그깟 거 또 사면 되지! 사면되지!
몇 날 며칠 마음을 달랬어.

히야~~
그 며칠이 지나고 나니
머릿속의 우산이 사라졌어.
생각이 씨가 된 게야.

… 그래, 어떤 친구가
노랑노랑~
예쁘게 잘 쓰고 다니면 좋겠지…!

너럭바위

진복희

울할매 즐겨 찾는
뒷동산 짝꿍바위.

긴 푸념 다 늘어놓게
자리 깔아 주는 바위.

나도야
미더운 짝꿍 하나
찜해 두고 싶어요.

편지
차경숙

오늘 아침 매미 소리는
체에 친 듯 참 고왔어

너에게도 들려주고 싶어
매미 소리를
편지에 넣었어

이 편지 읽을 때면
네 귓가에도 들리겠지?

쓰으–
쓰으–
쓰으–

이 맛이야!

차경아

맛있는 줄 몰랐던 동태탕

찬바람 불면서
맛있어졌다

추위라는
양념이 들어가야 하나 보다

추워야 제 맛인 동태탕

그리운 서랍

차영미

할머니
서랍엔

돋보기
자수정반지
즐겨 읽던 시집

푹 안기고 싶은
할머니 냄새가
생전 그대로

– 우리 온유는 흠 없는 게
단 하나 흠이지, 하시던
할머니 목소리 생생하고

거기에
보고 싶은 내 마음
오늘 치를
또 넣어둔다.

수박의 소원

채경미

초록 바탕
줄무늬
선명하기를

빨간 속살
까만 씨앗
달콤하기를

통통통
소리
경쾌하기를

마지막 소원은

오순도순
정답게
나눠 먹기를

준비

채들

한겨울 배추 속을 보고
깜짝 놀랐어.

꽃이 피어나고 있었어.
봄을 준비하고 있었어.

소복 눈 속에서도
나비를 만나러 가고 있었어.

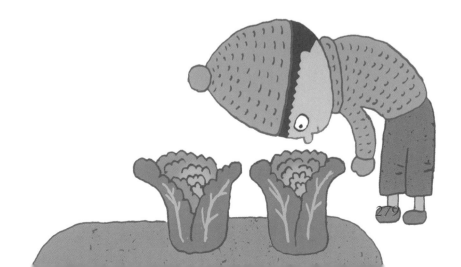

6월

채정미

꿔어엉 꿩
뻐꾹 뻐꾹 뻑뻑꾹

망초 꽃 사이
푸른 기침 소리가 쏟아져 나왔다

들썩 들썩
하얗게 숲이 흔들렸다.

지우개

채현석

삐뚤삐뚤
지렁이 글씨

선생님도
엄마도
바로 쓰라 하네요

마음처럼 안 되는데
어쩌면 좋아

지우개는 괜찮다며
부끄러운 내 마음
지워주네!

남수단 톤즈에서

천선옥

트럼펫, 플루트, 클라리넷, 튜바……
톤즈의 브라스밴드 아이들은
총 대신 악기를 들었다
그 악기는 총을 녹여 만들었다
불고 두드리고 튕기며 노래하는 동안
총소리는 세상에서 가장 아름다운 소리가 되었다

엄마가 읽는 시

최규순

앵초,   붓꽃,
꿀풀,   양지꽃,   낮달맞이,
족두리꽃,   맨드라미,
애기똥풀,   꽃마리,   섬초롱,
현호색,   제비꽃,

하나님이 산에 들에
써 놓으신
시

아침마다
엄마가 읽는
들꽃 시, 풀꽃 시

283

가을

최균희

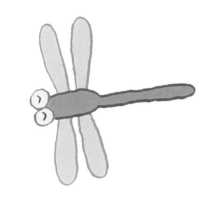

살금살금 햇살이
살랑살랑 바람이
너울너울 잠자리
분주하다.

사락사락 벼이삭
토실토실 밤송이
탱글탱글 탱자가
익어간다.

따박따박 걸음마
또랑또랑 말하기
귀염귀염 아기가
한 치 컸다.

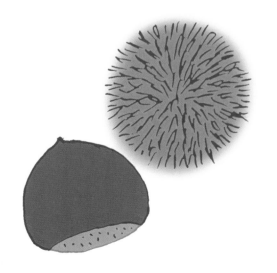

지구호

최대규

끝 모르는 우주 공간
태양계의 한 행성 지구
엔진도 없이
하늘을 날고 있다.

지구호
누구의 책임 아래
이 비행을 하고 있나?

위험한 것들 피하고
목적지 향해 빗나감 없이
계속 날아가
안전하게 제 시간에
도착할 수 있을까?

남새밭에서

최만조

어젯밤 내린 눈이
봄볕에 다 녹으면

순이야
봄상추 뽑아 와서

점심은
비빔밥해서
맛있게 먹자

사탕 옷

최미숙

둘레길에 떨어진
반짝이는 비닐조각

가까이 보니
사탕이 입던 옷

사탕은 모두
빠스락 빠스락
반짝 반짝
멋진 깔롱쟁이

나도
사탕이 되고 싶어
달달한 사람이 되고 싶어.

*깔롱쟁이 : '멋쟁이'의 경상도 방언.

눈 내린 날

최승훈

제설차가 소금을 뿌리며 마을길을 지나간다

경비원 아저씨 사골국에 소금 치듯
왕소금 팍팍
아파트에 골고루 뿌리며 다니신다

눈이 싱겁게 내렸나 보다

이불 속에서

최신영

밤하늘 별들이 나를 맞이하네
"어서 와."

엄마별, 아빠별, 내 별, 동생별
이름이 붙은 별자리 별들

우주선 타고 우주여행 가는 기분이
이런 것일까?

어마어마하게 큰 우주선도
지구로 돌아와 자기 집에 우뚝 서는데

어려운 수학공부도 두렵지 않다.
나를 괴롭히는 어떤 아이도 무섭지 않다.

이불 속에서
주먹을 불끈 쥐네.

낮과 밤

최영인

밤새 추웠지?
햇살이 덮어주고

종일 더웠지?
밤이슬이 씻어주고

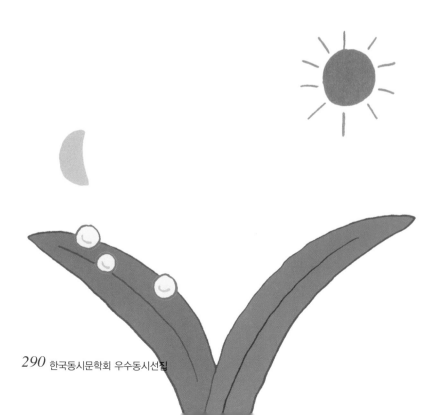

할머니소녀

최정심

할머니는 아직도 소녀야
토끼풀만 보면 네 잎을 찾고
꽃반지를 만드는 영락없는 소녀

머리는 하얗게 세고
허리는 둥글게 굽어가도
마음은 결 고운 열여섯 소녀

바람에 나부끼는
토끼풀잎의 부드러움과
꽃목걸이의 상큼함을 닮아
풀빛 나는 할머니소녀.

엄마별 아기별

최지영

바람 부는 날에도
흐린 날에도

엄마별이 아기별에게
반짝이는 연습을
시킵니다.

그래서 아기별은
캄캄한 밤에도
저렇게 혼자서도
반짝입니다.

늦가을 나무는

최진

– 안녕!
– 잘 가!

나무는 이별하며
나이테를 만든대.

기쁘고 슬펐던 일,
행복하고 힘들었던 일,

한 겹씩 한 겹씩
동그랗게 만들어

차곡차곡 나이테로
새겨 넣는대.

생각하는 산

최춘해

팔공산이 그 큰 등을 엎드리고 누워서
밤에 혼자 생각한다.

어둠이 가려주고
바람은 소리 없이 지나간다.
생각이 흩어질까 봐.

이따금 부엉이 울면
한 켜씩 생각은 깊어간다.

곰은 사람 되고자
백날을 혼자
골똘히 생각했고,

석가여래는 중생을 구하고자
보리수 밑에 홀로 앉아
삼백예순날을 생각했다.

팔공산은 먼먼 옛날부터
한 번도 일어나지 않고
아직도 생각에 잠겼다.

무논 운동장

최화수

어린 모 줄지어 선
유월 무논 운동장에

개구리가 편을 짜고
온종일 수구를 해요

공인 양
몰고 다니는
개구리밥 둥근 잎.

아무래도

하인혜

왜 이제껏
안 데려가시는지

하늘길 떠나기를
손꼽아
헤아리는
백 네 살 안나 할머니

아무래도
하느님께서
깜빡 잊으신 것 같다고

물어봐서
꼭 알려 달라고 합니다

발이 쉬는 날

하지혜

꼿꼿하던 머리가 고개 숙여요
멀었던 가슴이 가까이 와요
떨어져 있던 손이 서로 붙잡아요
몸이 곰처럼 둥글어져요

봄볕을 끌어안고
발톱 깎는 날.

사이

하청호

우리는 좀 떨어져 있어야 해

너와 나 사이
나와 너 사이
친구와 친구 사이

서로 좀 떨어져 있어야 해
사이가 없으면 그리움이 들어갈 틈이 없어
사이가 떨어질수록
보고 싶은 마음과
그립다는 마음이 더 생기지

너무 가까이 있지 마
그리움이 생기려면 사이가 있어야 해
그렇다고 마음이
떨어져 있으면 안 돼

꼬리 긴 인사

한명순

– 할머니, 안녕히 계세요.
현관 앞에서 꾸벅!

– 할머니, 오래 사세요.
대문 앞에서 꾸벅!

– 할머니, 나오지 마세요.
골목길에서 꾸벅!

– 추워요, 그만 들어가세요.
버스 정류장에서 꾸벅!

이어지고 이어지는
꼬리 긴 인사.

빗방울이 자라서

한상순

비는
처음 내리기 시작할 땐
언제나 방울
빗방울

똑
    똑
  똑
    똑

방울 소릴 내며
내려오지

방울은
금세 자라
주룩주룩 주르르
줄기로 뻗지

줄기줄기
빗줄기
땅으로땅으로 죽죽 뻗어 내리지

이 빠진 컵

한은선

헹구다 놓쳐
테두리가 깨지는 순간,

크르르르르르

매끈한 잇몸 속에 숨겨둔
날카로운 이가 드러났다

이가 빠지고 나서야
컵에도 이가 있다는 걸 알았다

혀를 깨물다

한현정

세 치 혀
너무 길다.

뒷담화와 화풀이
쉴 새 없이 이야기하는
성난 혀를

참다못한 어금니가
꽉, 깨문다.

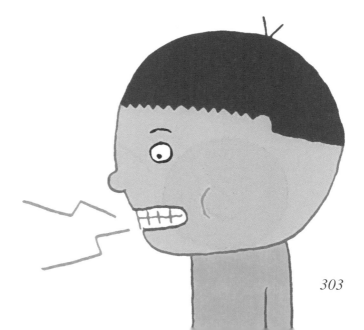

동그라미와 △□

허호석

ㅇ그라미는
ㅇ글ㅇ글 함께 굴러다니며
재미있게 논다

△ ㅁ는 혼자씩 논다
왜 그럴까
친구가 없기 때문이야

그래그래
△ ㅁ는
둥글지 못해서 그런거야

공

현경미

"탕!"

소리치며

튀어 오를 수 있는 용기

박수를 보낼게

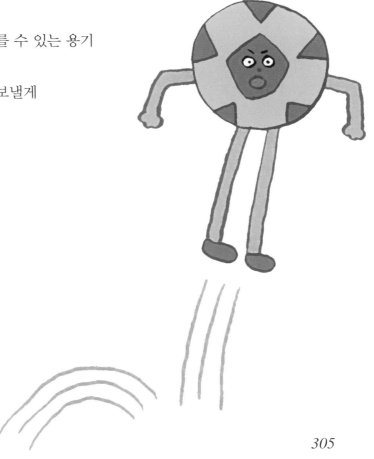

나는 술래

홍순이

해 달 별
달아 놓고
하느님은 숨으셨어

그래도
어렴풋이
옷자락이 비쳐

파르스름
발그스름
살며시 비쳐

꽃봉오리 몰래 필 땐
숨결소리
파르르르

꼭꼭 숨으셔도
보이고
보여.

보물찾기

홍재현

필통 속에 하나
계절 지난 잠바 주머니에 하나
서랍 구석에 하나
사물함 책들 사이에 하나

몰래 숨겨놓은 초콜릿 하나

오늘처럼 불쑥 슬픔이 찾아온 날
꼭꼭 숨겨놓은 초콜릿을 찾아

딱 그만큼만 우는 거야
초콜릿이 다 녹을 때까지만

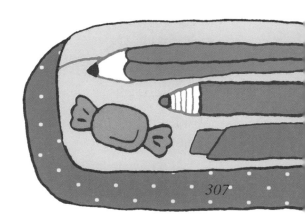

1분

홍현숙

슬플 땐
온몸 억지로 움직여 브레이킹 배틀을 해

힙합 음악이 들리면
슬슬 무대 위 걸으며 몸을 풀지

내 실력 한 번 볼래?

등을 바닥에 대고
빙그르르 몇 바퀴를 돌지
왼팔로 물구나무선 채 허리를 꺾고
있는 힘껏 버티는 게 나의 무기야

1분
1분이 정말 짜릿해
지켜보는 사람들 속으로
슬픔이 사라지거든

어느 비 갠 오후

황남선

아프리카만큼 커다래지고 싶은 파프리카와

보더콜리처럼 들판을 뛰어 달리고 싶은 브로콜리가

채소 가게 앞 작은 빗물 웅덩이를 바라보며

웅덩이의 엉덩이는 어디쯤일까 생각합니다

상추, 배추 추추추 물기 털어내는데

자기한테 물방울 튀었다고 시금치가 치칫거리는 그때,

풍뎅이처럼 반짝이는 날개를 가진 돌멩이가

윙윙 붕붕 웅덩이를 날아서 건너갑니다

309

제17회 **동시의 날 기념**

제6회 **전국 어린이 시 쓰기 대회 수상작**

동생 외계인

고양 동산초 3 **안채아**

동생은 외계인 같다.
원래 집으로 돌아가야 하는데
잘못 찾아온 거 같다.

원래 집은 외계집인데
자전거 타고 온 것 같다.
다시 자전거 태우고
돌려보내야겠다.

원래 집으로.

개구리 알

울산 온남초 5 **박민성**

길을 가다
무언가 모여 있는 걸 보았다.

자세니 보니
개구리 알이었다.

몽글몽글 몽글 모여서
꿈을 꾸고 있다.

가로등

서울 행당초 3 **윤채원**

가로등은 모범생
밤빛 학교 1등이다

항상 지각을 안하고
항상 우뚝서서 집중하고
항상 밝은 성격이다

그런 가로등을
밤빛 학교 친구들이
칭찬한다

지금도 나방과 모기들이
선생님 대신 노래를 부르며
칭찬한다

사탕

강원 반곡초 6 **김소현**

동글동글
입에서 굴리다
꼴깍!
목구멍 뒤로 넘어갔다.

엄마는 목에 걸릴까
걱정하지만
나는 홀라당 넘어가버린 게
아깝다.

엄마 걱정도
동글동글 모아서
삼켜버리면 좋겠다.

땅하늘

서울 우촌초 3 **김상우**

밤에는 별이
친구들을 만나러 내려온다

땅에 뜨는 별,
가로등이 별이다

하늘에서 보면
우리 동네 아파트 불빛도 별이다

빗방울이 둥근 까닭

초판 1쇄 발행 · 2025년 2월 1일

지은이 · 한국동시문학회
그린이 · 김천정
펴낸이 · 박옥주
편집디자인 · 아동문예

펴낸곳 · 아동문예
등록일 · 1987년 12월 26일
주　소 · (우)01446 서울특별시 도봉구 도봉로 109길 78
전　화 · 02-995-0071~3, 02-995-1177
팩　스 · 02-904-0071
이메일 · adongmun@naver.com/ joo415@hanmail.net
홈페이지 · www.adongmun.co.kr

ISBN 979-11-5913-451-7　73810

가격 15,000원